KB116022

소중한 마음을 가득 담아서

_____ 님께 드립니다.

청와대로간 착한 농부

청와대 비서관 출신 농민운동가의 맛있는 수필집

청와대로 간 착한 농부

초판 1쇄 인쇄 2019년 12월 5일
초판 1쇄 발행 2019년 12월 12일
지은이 최재관

발행인 임영묵 | **발행처** 스틱(STICKPUB) | **출판등록** 2014년 2월 17일 제2014-000196호
주소 (10353) 경기도 고양시 일산서구 일중로 17, 201-3호 (일산동, 포오스프라자)
전화 070-4200-5668 | **팩스** (031) 8038-4587 | **이메일** stickbond@naver.com
ISBN 979-11-87197-36-2   (03810)

[원고투고] stickbond@naver.com
출간 아이디어 및 집필원고를 보내주시면 정성스럽게 검토 후 연락드립니다. 저자소개, 제목, 출간의도, 핵심내용 및 특징, 목차, 원고샘플(또는 전체원고), 연락처 등을 이메일로 보내주세요. 문은 언제나 열려 있습니다. 주저하지 말고 힘차게 들어오세요. 출간의 길도 활짝 열립니다.

스틱드-서번트 S051 | 표지(한국제지 아트지 백색 210g/㎡ | 본문(한국제지 미색 백상지 100g/㎡

청와대로 간 착한 농부

청와대 비서관 출신 농민운동가의 맛있는 수필집

최
재
관
지
음

STiCK

나는 미래를
디자인하는 농부

'김이 모락모락 나는 갓 지은 쌀밥에 아삭한 김치, 뜨

끈한 국….'

생각만 해도 군침이 도는 한국인의 밥상이다. 밥은 인

간과 자연을 이어주는 매개체다. 아울러 밥은 우리 농업,

농촌의 미래이기도 하다. 우리가 어떤 밥을 먹느냐에 따

라 농촌의 모습이 달라지기 때문이다.

사람들이 친환경 농산물로 지은 밥을 선호할수록 우리 농촌은 화학비료와 농약을 덜 쓰는 깨끗한 문화경관이 되어갈 것이다. 반면 수입농산물과 정크푸드만 먹는다면, 우리 농촌의 풍경은 언젠가 폐허가 되어 사라질 것이다. 그래서 밥이 미래다. 헌데 이런 미래를 개인의 선택으로만 맡겨둘 수는 없다. 시장에게만 맡긴다면 부잣집은 값비싼 친환경 먹거리를, 없는 집은 값싼 정크푸드 소비로 먹거리 격차와 건강 격차는 갈수록 벌어지고 농촌 역시 활력을 잃어갈 것이 불 보듯 뻔하기 때문이다.

이제 밥의 미래도 공공의 손길이 필요하다. 그 첫 사례가 바로 '학교급식'이다. 학교급식을 통해 부잣집이든 가난한 집이든 밥 굶는 아이 없이 누구나 질 좋은 친환경 농산물로 지은 밥을 먹으면서 좋은 식습관과 전통을 배울 수 있다. 급식에 납품하는 농민들은 안정적인 제값을 받으며 활력을 되찾는다. 이게 만일 학교뿐 아니라 군대의 급식으로까지 이어져 '공공급식'으로 계속 확산해 나간다면 어떻게 될까? 이게 바로 '푸드플랜(Food Plan)'이다. 대한민국 국민의 건강한 밥상과 행복한 농촌을 만들기 위한 먹거리 종합계획이랄까.

여기서 한발 더 나아가, 우리도 유럽처럼 농민들이 '친환경 직불금'을 통해 깨끗하게 농사지으면서 소득을 보장받고, 소비자는 믿을 수 있는 좋은 농산물을 값싸고 신선하게 공급을 받을 수 있다면, 식량조차 무기로 변하는 이 불안한 세상에 우리 농촌도 지키고 나라의 식량안보를 지키면서도 온 국민의 건강을 유지하는 최고의 방법이 아닐까?

나는 쌀의 고장 여주에 살면서 22년간 농민운동을 해왔다. 어떻게 하면 벼랑 끝에 선 농업을 지킬 수 있을지 여러 길을 탐색하며 궂은일도 마다치 않던 중 '푸드플랜'을 만났다. 이를 첫 단추로 농어업 정책의 틀을 근본적으로 바꿔낼 설계도를 준비해왔다. 그러던 2018년, 우리 농정의 근본 틀을 바꾼다는 촛불정부의 대통령 공약을 실천하기 위해 청와대로 가 농어업비서관으로 일했다.

그곳에서 정말 많은 일이 있었다. 성과를 봤고 희망을 그렸다. 앞으로 해야 할 무수히 많은 과제가 무언지도 깨닫게 되었다.

지금부터 그 이야기들을 있는 그대로 쓰고자 한다. 이 이야기를 통해 조금 더 많은 사람이 '밥과 농업·농촌'이라는 너무나 중요한 현실을 나의 미래, 우리의 미래로 여겼으면 좋겠다.

사실 책 제목의 '농부'라는 말이 다소 부담스럽다. 부끄

럽지만 본업인 농사일을 농민운동만큼 열심히 하지 않았
기 때문이다. 이 땅의 수많은 진짜 농부님들의 넓은 아량
을 부탁드린다.

여주강변 도서관에서 최재관 씀

차례

청와대로 간 착한 농부

한 통의 전화

청와대가 부르다

01

열심히 공부해서 서울대에 들어가고 거기서 대학원까지 마친 뒤 대기업 연구소에 들어간 후배가 있다. 그 후배가 맡은 연구과제는 친환경 비료개발이다. 우리 농민 뿐 아니라 소비자 건강에도 좋고 환경도 지키는 중요한 연구였다. 그날도 그 후배는 밀짚모자를 쓰고, 밭에 나가 실험용 작물을 가꾸고 있었는데, 뒤에서 소곤거림이 들려왔단다.

— 봤지? 너도 공부 안 하면 커서 저렇게 된다.

지나가던 엄마가 초등학생 아들에게 이렇게 속삭이더란다. 그때 그 황당함이란…. 후배는 당장에라도 뒤돌아서서 자신이 어느 대학 출신의 박사급 연구원인지 말하고 싶었지만 그게 더 자존심이 상할 것 같아 꾹 참고 일했다고 한다. 사람들이 농업에 대해 가진 편견에 속이 상했다며 씁쓸하게 웃는다. 듣는 나도 마음이 아팠다.

'몰라도 너무 모르시는데….'

농사일이란 게 그렇다. 직접 해보니 게으르고 무식한 사람은 도저히 할 수 없는 게 농사일이다. 일종의 종합과

학이랄까. 땅을 알고 하늘을 알고 작물과 동물을 알고 농기계의 원리까지 파악해야 수확의 기쁨을 누릴 수 있다.

친환경 농사까지 지으려면 해충과 천적과 미생물의 생태까지 빠삭하게 파악하는 예술의 경지에 올라야 한다. 그래서 내 눈에는 농촌에서 마주치는 분들이 전부 다 박사님으로 보인다. 참외농사를 오래 지으면 참외박사님이고, 소를 키우면 소박사님이다. 오이박사님, 호박박사님, 상추박사님, 딸기박사님에 대부분 쌀박사님들이 농촌에 살고 있다.

어떻게 해야 이런 박사님들이 먹거리전문가 대접을 제대로 받으며 가격폭락 걱정 없이 안심하고 농사를 지을 수 있을까?

'판을 바꿔야 한다.'

그동안의 농업정책은 하나같이 농촌에 사는 농민과 농업분야 종사자들만을 대상으로 했다. 먹거리의 소비자이자 미래 농촌거주자인 전 국민을 대상으로 농업정책이 설계된 적이 없다. 그러다 보니 지금처럼 농촌 따로 도시 따로인 따로국밥 형태가 된 것이다.

농민은 농민대로 정부가 제대로 지원을 안 해준다고 불만이고, 도시민은 편견에 휩싸인 채 비전도 없는 농촌에 왜 그리 많은 돈을 쏟아붓느냐고 혀를 찬다.

이제는 따로국밥이 아니라 온 국민이 함께하는 비빔밥이 되어야 한다. 정책의 설계 때부터 국가의 식량안보를 지키기 위한 적정자급률 목표를 정해놓아야 한다. 이것에 따라 도시와 농촌, 농민과 도시소비자를 모두 아우르는 전 국민을 위한 농업정책을 단계별로, 마치 국토개발 5개년 계획에 따라 경부고속도로 뚫듯이 체계적으로 시행해야 한다.

우리 농산물의 공급을 학교급식뿐 아니라 군대급식, 공공급식으로 확대하는 '푸드플랜'을 실행하여, 앞서 '너도 공부 안 하면 저렇게 된다.'라고 말하던 그 엄마가 언젠가는 '농부님들, 우리 아이 몸에 좋은 급식재료 챙겨주셔서 고맙습니다.'라고 할 때까지 연결하고 또 연결해야 한다.

나는 이렇게 지난 두 번의 대통령 선거기간에 농정의 혁신과 국민농업의 실현을 목이 터지라 외치며 전국의 시장바닥을 돌아다녔다.

이 정책을 가장 잘 실현할 것 같은 후보의 당선을 이뤄내기 위해 자비로 여관방을 옮겨가며 외쳤다. 고맙게도 그 후보는 농업분야 공약 1번으로 농정의 패러다임 전환을 약속했고, 2017년 5월 대한민국 제19대 대통령으로 당선됐다. 그리고 이 말을 했다.

― 국가농정의 기본 틀부터 바꾸겠습니다. 농업은 생명

　이고 농민은 국가의 식량안보를 지키는 공직자입니

　다. (문재인 대통령)

뿌듯했다. 이제야 농업이 제대로 바뀌려나 기대도 됐

다. 한편으로 공직자들이 과연 현장의 뜨거움만큼 혁신할

수 있을지 걱정이 들기도 했지만, 그것은 지켜볼 일이다.

　그렇게 나는 뜨거웠던 2017년 대선의 추억을 안고서

다시 농촌으로 돌아왔다. 그러던 어느 날 한 통의 전화가

걸려왔다.

― 혹시 청와대에 들어와서 일해 볼 생각 없습니까?

청와대에 있는 지인으로부터 전화를 받은 날은

2018년 4월 25일이었다.

자기소개서

1초의 망설임 없이 도전한다

02

청와대에 들어와서 대통령의 농업정책을 보좌할 수 있겠느냐는 제의였다. 나는 1초의 망설임도 없이 도전해 보겠다고 했다. 지금이야말로 우리 농업을 근본적으로 변화시켜야 하는 절박한 상황이기에, 그 자리가 비서관이든 행정관이든 아무 상관 없었다.

어떤 자리라도 내가 들어가서 농업개혁을 할 수 있다

면 나는 하겠다고 강하게 말씀드렸다. 그분은 알겠다며 차분하게 검증절차를 알려줬다.

— 먼저 자기소개서 및 증빙자료를 제출해 주세요. 요청하는 서류는 더 늘어날 수도 있고, 그 후 인사검증까지 약 1개월 이상 소요될 겁니다. 최종확정 되면 다시 연락드리겠습니다. 그리고 무엇보다….

— 네?

— 보안을 철저히 지켜주십시오. 주변 누구에게도 이런 제의를 받았다는 사실 자체도 말씀하시면 안 됩니다.

그런 자리였다. 공직임명이라는 것이…. 그날부터 나는 간절한 마음으로 청와대 입사서류를 준비했다.

자기소개서와 이력서라, 이걸 어떻게 쓴다? 물론 문구점에서 파는 이력서 용지를 사다가 생년월일부터 그동안의 약력들을 채워넣으면 하루 만에 완성될 것이다. 그런데 그렇게 쓰고 싶지 않았다.

내가 어떻게 해서 사회운동을 시작하게 됐고 그 과정에서 많은 어려움이 있었지만 꿋꿋하게 헤쳐나갔으며, 특히 문제에 부딪힐 때마다 창의적인 아이디어를 발휘해 돌파해나갔던 과정들을 사실적으로 담고 싶었다.

그래서 누구도 쉽게 답을 내지 못하는 농업정책이라는 문제를, 청와대에서 나름의 답을 갖고 헤쳐나갈 사람이라는 것을 보여주고 싶었다.

간절하면 통한다고 하던가? 이래 봬도 한때 문학소년의 꿈을 가졌고, 대학교 연극반 출신이기도 하다. 연극대본을 쓰던 기억을 더듬으며 고민 끝에 쓸 내용을 정리한 뒤 나만의 스타일로 내가 살아온 과정을 써내려갔다.

.

최재관의 자기소개서

나는 운동을 좋아했다. 초등학교 때는 축구를, 중학교 때는 배구를, 고등학교에서는 농구를 좋아했다. 대학교에 가서는 학생운동을 했다. 아버지는 고물상을 했다. 덕분에 책을 실컷 볼수 있었다. 만화책이 손수레 가득 들어오는 날은 너무 행복했다. 동네에서 주워 온 폐지 더미 속에 파묻혀 책을 보는 것이 가장 큰 즐거움이었다. 고물상 독서의 힘은 어떤 상황에서도 막힘없이 뚫고 나가는 내 창조적 상상력의 원천이 되었다.

1986년 대학교에 입학했다. 정문에서 사복경찰이 학생증 검사를 하고 아크로광장에서 전투경찰들이 족구를 하던 시절이었다. 신입생으로 첫 축제의 날 아크로광장에는 2천 명의 학생이 모이고 3천 명의 전경이 주위를 에워쌌다. 감옥에서 갓 나온 문익환 목사님이 광장 중앙에서 독재타도를 외치는

순간, 검은 화염이
학생회관에서 치솟
았다. 원예학과 이
동수 열사가 온몸
에 불을 붙이고 독
재타도, 미제축출

▲ 학생운동을 하던 대학시절의 모습

을 외치며 투신했다. 그 순간은 뇌리에 벽화처럼 새겨져 버렸
다. 1987년 그 승리의 역사현장 한가운데 서게 됨으로써 나는
민중의 힘을 보았고 거대한 승리에 대한 믿음을 신념화할 수
있었다.

이후 1992년에 복학하고 전투기 소음으로 유명한 수원의
농대를 서울로 이전하기 위한 투쟁이 벌어졌다.
국가의 세금으로 공부하는 국립 서울농대생으로서 농업에
대해 너무 무관심한 것 아니냐는 후배의 말에 부끄러움을 느껴, 도서관으로 향하던 발걸음을 옮겨 투쟁의 한가운데 서게 되었다. 농민운동의 시작이었다.

1992년 겨울, 대통령 선거가 있었다. UR 협상으로 쌀마저 개방된다는 위기감이 높은 상황에서 30명의 후배와 함께 명동성당 앞에서 단식투쟁을 했다.

난생처음 굶어 본 상황에서 깨달았다. 이 세상에서 가장 소중한 것은 밥이다. 그리고는 농사를 짓기로 결심했다. 학교에 영농개척단을 조직해서 학교농장을 활용하여 농사를 시작했다. 개인적인 농촌투신운동을 집단화했다. 그 당시 신문에 나올 만큼 신기한 일이었다.

1994년에 나는 한총련 연대사업위원회 농민국에서 활동했다. 그리고 여주로 입농했다. 여주는 쌀의 고장이다. 쌀에 대한 높은 자부심과 열기로 늘 전농 쌀 투쟁의 선봉에 서 있었다. 2002년 여주농민회 정책실장을 맡고 있던 나는 당시 대선을 맞아 쌀개방을 막기 위한 30만 농민대항쟁을 기획했다.

농사일을 마친 가을이면 마을에서는 버스를 전세 내서 관광을 간다. 농민의 운명이 걸린 쌀개방 반대투쟁집회에 마을마다 버스 한 대씩 참여하지 못할 이유가 있는가 하는 마음으로 농민회가 있는 100개 시·군에 마을마다 버스 한 대씩 참여하면 30만 명은 가능하다고 제안했다. 그리고 여주에서는 102대의 버스가 참가했고 전국적으로 3천 대 이상의 버스가 모여 13만 명의 여의도 집회를 만들었다.

역사상 어떤 운동단체도 만들지 못한 성과였다. 비법은 하나였다. 1년 동안 꾸준히 준비했기 때문에 가능했다. 나는 이 투쟁을 조직함으로써 전국적으로 유명한 사람이 되었다. 언제나 창조적인 투쟁을 꿈꾸었다.

2003년, 한국 칠레 FTA 투쟁에서 의원들의 반대서약서를 조직하는 운동을 기획했다. 과반수의 국회의원 동의를 얻어냈다. 하지만 마지막 순간에 무기명 투표로 전환되면서 결국 실패했다. 2004년과 2005년에는 차량을 이용하여 전국 고속도로를 막거나 트랙터로 거리를 막는 등 가능한 모든 방법을 동원하여 쌀개방을 막고자 했다. 그 투쟁으로 '도로교통법'이 바뀌었다. 차량시위를 하면 면허를 취소하는 조항이 생겨났다.

2005년에는 WTO 반대를 위해 1,500명의 농민이 홍콩으로 향했다. 나는 세 가지 전술을 기획했다. 평화적이지만 강력한 투쟁이어야 하고, 남의 나라이기 때문에 구속자가 나오지 말아야 한다는 원칙으로 바다에 뛰어드는 전술을 생각했다.

밤새도록 홍콩 바닥을 돌아다니며 새벽녘에야 구명조끼 300장을 구할 수 있었다. 농민 300명은 12월 겨울바다에 뛰어들었다. 다음 날은 4시간 동안 삼보일배를 했다. 연도의 홍콩 시민은 박수를 보냈다.

폭도가 온다더니 한국에서 성자들이 왔다며 WTO보다 한국농민에게 우호적인 시선을 보냈다. 마지막 날에는 모두 잡혀가는 방법을 택했다. 그것이 모두가 안전하게 귀가하는 수단이라고 생각했다.

결국, WTO 회의는 무산되었고 우리는 승리했다. 역사적인 투쟁을 하고도 모두 안전하게 돌아올 수 있었다.

2006년에 전농 정책위원장이 되었다. 쌀의 전면개방 이후 농민운동은 급격하게 쇠퇴했다. 한미 FTA의 거센 바람이 불어왔다. 농민들의 투쟁으로 감당할 수 있는 파고가 아니었다. 우리는 새로운 길을 모색해야 했다. 그것이 '국민농업'이었다. 농민들은 국민의 먹거리를 생산하고, 국민들은 농민을 보호하는 전략으로 전환해야 했다.

2008년에는 쇠고기 촛불이 거세게 타올랐다. 여중생이나 주부들이 거리로 나서는 모습을 보며 농사는 농민의 일이지만, 먹거리는 전 국민의 일이라는 것을 깨달았다. 그리고는 여주에 친환경 쌀 생산자를 조직하여 영농조합을 만들고, 친환경 학교급식센터를 만들었다. '학교급식'이야말로 국민과 농민이 함께 농업과 먹거리로 연대할 수 있는 일이었다.

2009년, 김상곤 교육감의 무상급식 좌절이 오히려 2010년 지자체선거에 들불처럼 번졌다. 덕분에 시대를 앞선 여주친환경 학교급식센터는 계속 성장하게 되었다.

학교급식운동의 전파자가 되었다. 국민농업을 전면화하기 위해 〈국민과 함께하는 농민운동네트워크〉를 만들었고, 2017년 (사단법인)자치와 협동으로 발전했다.

2012년 대통령선거에서 문재인 캠프의 '희망먹거리 장터 선전단'을 만들어 전국의 농민들을 조직했다. 문재인 후보를 모시고 내 인생에 가장 기억되는 15분간의 PPT 발표를 하였다. '공공급식'을 통해 농업의 희망을 만들 수 있다는 취지였다. 많은 사람의 공감을 얻었다.

공공급식 전면화는 이후 더불어민주당의 공약이 되었다. 공공급식의 실현을 위해 시민과 함께 보는 먹거리 전문지 〈식량닷컴〉을 만들고, 발행인으로 참여하였다. 경기도 학교급식지원심의위원, 서울시 학교급식지원심의위원회 부위원장으로 전국 학교급식운동의 중심에 서게 되었다.

2014년, 수입쌀 95%에 국내산 5%를 섞어서 국내산처럼 판다는 친구의 이야기를 확인하기 위해 곤지암의 마트에 들렀다. 사실이었다. 조사해보니 불법이 아니고 합법이었다. 연이은 흉년으로 쌀값이 올라가자 정부가 국내산과 외국산의 혼합이 가능하도록 조치한 결과였다.

농사는 흉년인데 쌀값은 떨어지는 이상한 현상의 원인이

그것에 있었다. 정부가 어떻게 이럴 수가 있는가.

　나는 분노했고 농민들을 조직하여 기자회견 등 홍보활동을 시작해서 마침내 그해 연말에 '혼합미 금지법'이 만들어졌다. 그 이후 수입쌀의 판매는 급감해서 창고에서 썩는다며 관료들의 걱정하는 소리가 들려왔다.

　2014년에는 미국 쌀의 비소문제를 제기했다. 미국 쌀에는 비소가 많이 들어있다. 정부는 당시 비소의 허용기준을 설정하고 있었는데 미국의 기준을 그대로 적용하려 했다. 반대했다. 시민단체를 조직하고 생협을 통해 비소검사를 했다. 국내산은 낮게 나오고 미국산은 높게 나오는 결과를 확인했다. 국정감사와 국회토론을 거쳐 쌀의 비소기준이 부당하다는 여론이 일어나 정부는 쌀의 비소기준 설정을 2년간 연기하였다.

2년 뒤 미국이 쌀의 비소기준을 애초보다 낮게 설정하자 우리도 비로소 낮은 비소기준을 설정하게 되었다. 2년 전 나의 투쟁이 정당한 것임을 입증하는 계기가 되었다.

2016년에는 GMO 반대 전국행동을 조직했다. 2015년 GMO 작물에 사용하는 제초제가 발암물질로 확정되면서 유럽이 들썩였다. 대만은 학교급식에서 GMO 식품을 퇴출했다. 미국도 GMO 표시제에 나서면서 세계는 GMO 반대열풍이 불었다. 반면 식용 GMO 소비 1위인 우리나라는 조용했다. 그래서 나섰다.

2017년, 문재인 대통령 캠프에 공공급식실현 특별위원장으로 참여했다. GMO 없는 학교급식을 공약으로 만들었다. 김현권 의원과 함께 GMO 완전 표시제 법안도 국회에 발의하였다. 대통령이 당선된 이후 더불어민주당 내 농업특보단을 중심으로 김현권, 위성곤 의원과 함께 농어업정책포럼을 조직하고 상임이사를 맡아 15개 분과를 운영하며 국회와 연결하는 현장감 있는 정책의 생산기지 역할을 하고 있다.

2018년에 전국농어민위원회 정책센터장을 맡았다. 농민들의 현장정책이 국회와의 소통을 통해 살아있는 정책이 되도록 다듬는 역할을 하고 있다.

2018년 3월 GMO 없는 학교급식을 위해서는 GMO가 아닌 우리 농산물의 생산이 필요했다. 학교에서 가장 많이 사용하는 GMO 식품은 식용유다. 이것을 국내산으로 전환하기 위해 전국의 유채 생산자를 조직했다. 서울시와 농림축산식품부를 만나 서울시의 Non-GMO 학교급식과 농림축산식품부의 쌀 생산 조정제를 연결하는 제안을 했고, 3월 6일 시장과 장관의 MOU가 체결되었다.

학교급식에 사용하는 수입밀을 국내산으로 대체하기 위해

전국 밀생산자 연합회를 조직했다. 2018년 4월 10일 국회에서 출범했다.

나는 물면 놓지 않는다. 그 문제가 해결되기 전까지는 끝까지 물고 늘어져서 내 안에 답을 얻을 때까지 멈추지 않는다. 어려서부터 산수는 싫어했는데 수학은 좋아했다. 풀리지 않는 수학문제를 몇 날 며칠을 머릿속에 넣고 사는 사람이다.

나는 막힘이 없는 사람이다. 가능한 방법은 어떤 일에도 있다. 민중의 힘과 창조성을 믿어 왔다. 비록 시간이 더 걸리기는 해도 될 때까지 가능한 모든 방법을 찾아왔다.

사람들은 열정을 믿어줬다. 모두 함께한다는 것은, 내가 죽기 살기로 그 일을 하고 쓰러질 때쯤 돼야 다른 사람들이 비로소 함께 도와준다는 뜻이다. 보이지 않는 곳에 헌신하는 사람이 없다면 그 일은 절대 진척되지 않는다.

나는 벼랑 끝에 선 농업을 지키기 위해 애써 왔고, 우리 농업의 근본적인 틀을 바꾼다는 대통령의 공약을 실천하기 위해 우리 농업의 설계도를 만들고 있다.

　이것이 나의 꿈이다. '우리 농업의 설계도를 만들고, 실현하기 위해 분투하는 것.' 2012년 전국의 장터를 돌며 문재인 후보 선거운동을 하며 가진 꿈이다. 내 손으로 우리 농업을 설계하겠다. 지난 6년간 설계도를 그려왔다. 이제 그려진 설계도를 가지고 기초부터 시공에 들어가야 할 시점이다. 대통령이 바뀐 지금 나는 꿈을 실현할 때를 만났다.

첫 출근

청와대가 첫 공무원 직장이다

03

서류를 제출하고 어언 한 달이 지났다. 시간이 왜 이렇
게 더딘지 모르겠다. 어차피 자리에 연연하지 않았고, 쟁
쟁한 이력을 가진 경쟁자들이 얼추 여섯 분에서 아홉 분
까지 거론되고 있다는 귀띔에 큰 기대를 안 했다. 하지만
나도 사람인지라 약속의 시간이 다가올수록 자꾸만 전
화기에 눈이 갔다.

되면 된다, 안 되면 안 된다고 누가 확실하게 말이라도 해줬으면 좋겠건만 시간은 가고 누구에게 말도 하지 못하고 답답했다. 그러던 어느 휴일이었다. 2018년 5월 27일 오후 2시경으로 기억한다. 농민출신 국회의원인 김현권 의원과 함께하는 농어업정책포럼을 준비하고 있는데 전화가 걸려왔다. 애타게 기다리던 바로 그 전화였다. 후들후들, 전화받을 때 내 온몸이 말할 수 없을 만큼 떨려왔다.

— 자네가 된 것 같아. 농어업비서관으로…. 축하하네, 잘 준비하고….

그 말을 듣는데 나도 모르게 주르륵, 지난 수십 년의 기억들이 마치 초고속 영화필름처럼 머릿속을 스쳐 지나갔다. 대학교에 들어가서 세상을 알고 농사를 지으며 농민들과 함께 싸우고 만들어왔던 그 장면 장면들이 신기하게도 다 떠오르는 거다. 감격스러웠고 고마웠다. 그래서 더욱더 결의를 다졌다.

— 정말 잘 해보겠습니다. 주어진 시간에 온 힘을 기울여서 우리나라 농업의 근본적인 변화와 방향을 바꿔보겠습니다. 제 일생에 이런 행운을 주셔서 매우 고맙습니다.

감격의 순간도 잠시, 나에게 전화를 준 그분은 역시나 보안을 강조했다.

— 혹시나 해서 하는 말인데, 발령장 받을 때까지는 주변에 소문 안 나도록 조심하고…. 이런 거 소문나서 중간에 잘린 사람 많으니….

아, 또 그놈의 보안…. 그때부터 발령장을 받을 때까지가 더욱 힘들었다. 5월 27일에 전화를 받고, 6월 18일에 발령장을 받았으니 20일이 넘는 긴 기간을 꿀 먹은 벙어리로 살았다.

주변 사람들은 뭔가 수상한 낌새를 챘지만 나는 아무 말도 하지 못한 채 묵묵히 청와대 출근준비를 했다. 출근준비란 게 다른 게 아니었다. 그냥 지금까지 내가 맡은 모든 직책을 내려놓는 일이었다. 청렴함이 생명인 청와대 공직자에게 겸직이란 있을 수 없는 일이었기 때문이다.

그래서 내가 맡았던 모든 직책을 청와대 들어가기 전까지 조용히 내려놔야 했다. 그런데 내가 맡은 직책을 살펴보니 참 많이도 맡고 있었다.

하나같이 돈은 안 되는 일이었지만 그래도 괜한 오해를 받아서는 안 되기에 별의별 직책들을 다 정리해야 했다. 이제 다 내려놨구나 싶으면 다시 연락이 왔다.

혹시라도 이사직이라든지 등기와 관련돼 책임을 맡은 자리는 없는지, 그 또한 다 내려놓도록 청와대는 요구했다. 그것도 아주 조용히…. 그래서 나는 마음속으로만 만세를 불러야 했다. 생각해보면 정말 놀랍지 않은가. 쟁쟁한 이력을 가진 그 많은 농업전문가 틈에서 나처럼 농사짓던 사람이 청와대에 들어간다니, 이건 촛불정부가 아니고는 불가능한 일이었다.

그 기쁨과 감동을 이 세상 딱 한 사람에게만은 숨길 수 없었다. 나의 아내 상희 씨. 천직이라던 간호사 일을 정리하고 남편 따라 낯선 땅 여주로 시집와서 22년간 불확실한 수입을 묵묵히 감내하며 늘 웃음으로 맞아주었던 내 사랑, 그녀가 화들짝 놀라며 기뻐했다. 나보다 더 좋아했다.

― 당신의 첫 공무원 직장이네요? 청와대가….

아내의 기쁨은 다른 게 아니었다. '우리도 이제 적금을 들 수 있게 됐구나.' 계획이 있는 삶이 주는 안정감이랄까. 사실 나는 변변하게 월급을 갖다 준 적이 없다. 거의 아내의 도움으로 생활을 해왔다. 그러면서도 기죽지 않고 늘 미래에 대해 희망찬 구상을 밝히고 실현해왔으니 간이 배 밖으로 나온 간 큰 남자랄까.

아내는 다 알면서도 힘든 표정 한번 짓지 않고 웃어주던, 하늘에서 내려온 천사였다. 그런 아내가 나를 꼭 안아주고 함께 기뻐했다. 첫 월급을 타왔을 때는 더 좋아했다.

"신임 청와대 농어업비서관에 최재관 씨 내정."

첫 출근을 앞두고 언론보도들이 나왔다. 6월 8일, 신문에서 내 이름과 얼굴을 보니 기분이 남달랐다. '이제 정말 시작이구나.' 하는 마음의 각오를 다졌다. 세 글자가 떠올랐다. '농특위'.

사실 농민들을 비롯한 시민사회 진영이 대통령의 첫 번째 공약으로 요청했던 것은 '농특위'였다. 농특위(대통령직속 농어업·농어촌특별위원회)는 먹거리와 농어업, 농어촌이라는 중차대한 문제를 해결함에 농림축산식품부장관이 아니라 대통령이 직접 주재하는 특별위원회 형식으로 전 부처의 힘을 집중해 해결하고자 하는, 아직은 존재하지 않은 조직이었다. 하지만 꼭 있어야 하는 조직이었다. 이런 농특위가 임기 초반 지지부진했다. 이상하게 출범이 늦었다.

내가 청와대에 반드시 들어가고자 한 것도 실은 이 농

특위 출범을 하루라도 앞당겨서 촛불정부의 힘으로 농업을 바꿔야겠다는 생각 때문이었다.

그런 나에게 주변 분들이 축하인사를 건네기 시작했다. 뉴스를 보고 그제야 소식을 알았다는 농민들, 지역주민들, 시민사회 관계자들은 첫 출근을 앞둔 나에게 대부분 이런 말씀을 건네셨다.

'초심을 잃지 말거라.'

그 말이 제일 정확한 표현인 것 같다. 아는 사람이 관직에 나가거나 높은 자리에 나갈 때 우리 농민들이 갖는 솔직한 마음이다. '초심을 잃지 말거라.' 네가 농민일 때 가졌던 마음, 농민들과 함께 가졌던 마음을 잃지 않도록 하는 게 제일 중요하다는 뜻이다.

지금 시기에 청와대에 바라는 농민들의 마음은 대통

령께서도 선거 때 약속하셨던 '국가농정의 기본 틀을, 근본 틀을 바꾸겠습니다.'라는 그 말을 반드시 실천해 줬으면 하는 간절함일 것이다. 그래서 다시 한 번 각오를 다진 뒤 청와대를 향해 첫 출근을 했다. 2018년 6월 11일이었다.

청와대의 아침

대통령과 같은 숲을 바라보며 일하는 호사를 누리다

04

처음에는 걱정이 많았다. 가족과 떨어져 집값 비싼 서울 한복판에 방 얻을 생각을 하니 마음이 영 좋지만은 않았다. 그런데 괜한 걱정이었다. 청와대 관사시설이 잘 되어 있어서 집 걱정하지 않고 일에만 열중할 수 있었다.

관사는 약 30년 된 낡은 아파트였는데 앞에 나무가 울창했다. 오랜 세월 조성된 청와대의 숲이 펼쳐져 있었는데 너무 울창하고 고즈넉했다. 새가 지저귀는 소리에 눈을 뜨고 그 울창한 숲을 자유롭게 거닐 수 있었다.

'아, 서울에 이런 곳이 있었구나!'

감탄사가 절로 나왔다. 청와대 뒤편으로 넘어가면 평창동처럼 부자들이 사는 동네가 있다는데 왜 부자들이 그곳에 사는지 이해가 될 정도였다.

'청와대 생활 중 뭐가 제일 좋았냐?'라고 누가 묻는다면 나는 아침밥 먹고 청와대 경내를 한 바퀴 도는 거였다고 서슴없이 답할 것이다. 거기는 아무나 못 들어가는 곳이다. 오직 직원들만 거닐 수 있는, 그런 숲을 밥 먹고 한 바퀴 도는 그 시간이 제일 행복한 시간이었다.

신기한 것이, 청와대 숲은 그 안에 들어가서 하늘을 보면 늘 울창해 보인다. 헌데 눈높이에서 보면 텅 비어 있는 느낌이 든다. 나무가 군데군데 있지만, 하늘은 빼곡하다. 이렇게 오래된 숲이 내가 일하는 사무실 앞에 그림같이 펼쳐져 있었다. 더구나 바로 앞에 큰 나무가 햇빛을 가려주기에 커튼이 따로 필요 없었다.

— 카메라는 가리고 들어가셔야 합니다.

출근 첫날 내가 들은 말이다. 첫날은 아직 출입증이 안 나와서 신분증과 전화기 등을 못 들고 들어갔다. 기어이 전화기를 들고 가야 할 경우는 휴대폰에 내장된 카메라를 가리고 들어가게끔 돼 있었다. 경내에서는 사진촬영이 금지됐으니까. 그렇게 호주머니 안의 소지품들을 모두 털어내고 가벼운 마음으로 들어갔는데, 내가 일할 건물을 보니 생각보다 허름한 거다. 누가 봐도 아주 오래된 낡은 건물이었다. TV에서 보던 풍경과는 딴판이었다. 나중에 알게 된 사실이지만 TV 뉴스에는 늘 청와대 본관처럼 멋들어진 건물이 나온다. 그러나 우리가 일하는 비서동 건물은 매우 낡고 비좁은 공간이었다. 하지만 건물 안으로 들어서자 좋은 기운이 느껴졌다. 바로 이곳이 우리나라를 이끌어 가는 곳이라는 자부심이랄까.

— 저쪽 끝 방이 농어업비서관실입니다.

안내하는 분이 가리키는 방을 찾아가보니 2층에서 제일 구석진 방이었다. 농어업비서관실. 2층에는 주로 경제수석실과 관련된 방들이 있었는데 제일 구석에 있는 방이 내 방이었다.

그런데 전망은 제일 좋았다. 다른 방들이 촘촘히 옆 방과 연결되고 또 연결된 회색의 공간이었다면, 구석에 있는 내 방에서는 숲이 보였다. 방문객들이 내 방에 왔다가 깜짝 놀랄 정도였다. 숲의 경관이 너무 좋다고 말이다.

　알고 보니 내 방에서 보이던 숲의 정경이 대통령께서 보고 계신 것과 똑같은 풍경이었다. 문재인 대통령은 본관에서 따로 업무를 보던 다른 대통령들과 달리 비서들이 일하는 비서동에서 업무를 보고 계셨기 때문이다.

　과거 모 대통령처럼 비서들이 다급히 찾아도 연락이 안 되어, 어쩔 수 없이 비서동에서 대통령이 있는 본관까지 차를 타고 쫓아가던, 그런 불상사를 예방하기 위해 문 대통령은 집무실을 아예 비서동으로 옮겨 비서들과 함께 근무하고 있었다. 나는 거기서 대통령과 같은 숲을 바라보며 일하는 호사를 누렸다.

　출근 첫날은 주로 인사를 다녔다. 다른 비서관님들, 수석님들께 인사를 드렸는데, TV 뉴스에서나 뵙던 분들께 인사를 드릴 때는 이게 꿈인지 생시인지 믿어지지 않았다.

그렇게 떨리는 마음으로 잘 해보겠다는 인사를 드리고 밥을 먹는데, '우아!' 소리가 절로 나왔다. 청와대 구내식당 밥이 매우 맛있었기 때문이다.

'청와대 구내식당 밥, 3천 원인데 너무도 잘 나온다.'

3천 원인데 아주 잘 나오는 거다. 다른 구내식당도 이럴까 싶어 나중에는 옆에 있는 경호동 식당에서도 먹어 보고, 기자들이 먹는 춘추관 식당에서도 먹어봤는데 품질은 대체로 비슷했다. 저렴하고 맛있었다. 밥심으로 일하는 우리 같은 농민들에겐 더할 나위 없는 환경이었다.

보고 또 보고

삼시세끼를 다 구내식당에서 먹다

05

청와대 비서관의 일상은 단순했다. 출근은 6시 반, 그 다음부터 회의, 회의, 회의, 보고, 보고, 보고…. 토요일 쉬고 일요일에 출근.

새벽 5시쯤 눈을 뜨면 일어나서 '연무관'이라고 주로 경호원들이 훈련하는 체육관에 가서 아침운동을 했다.

대한민국에서 제일 좋은 체육관이라는데 과연 수영장도 넓고 쾌적했다.

6시 반까지 비서동으로 출근하면 신문 스크랩을 살펴보는 것으로 업무가 시작된다. 밤사이 무슨 일이 있었는지 훑어본 다음, 7시 10분경 첫 회의가 시작된다.

간밤에 들어온 사안 중 문제가 될 만한 것들을 짚고, 그에 대해 어떻게 대처할 것인지 정리하는 회의다. 조금 있다가 8시부터는 또 다른 회의를 한다. 상황이 이렇다 보니 밥은 회의와 회의 사이 잠깐 비는 틈에 얼른 먹고 와야 한다. 자연스럽게 구내식당에서 아침, 점심, 저녁 세 끼를 다 해결하게 되었다.

그래서 내 일상 중 가장 소중하고 행복한 시간은 아침밥을 먹고 나서 잠시 청와대의 오래된 숲속을 거닐던 산책시간이다. 그 시간이 골든타임이었다.

　퇴근은 이론적으로는 6시 이후면 가능했지만, 현실적으로는 수석님 퇴근시간이 곧 내 퇴근시간이 되었다. 수석님이 6시 넘어서도 한 번씩 호출하는 때도 있었으니까. 다른 회사원들과 조금 다른 점은, 퇴근해서도 업무가 이어진다는 거다. 청와대 비서관들은 퇴근 후 밖에 나가 사람 만나는 약속을 많이 잡는데 그게 다 일이다. 직접 만나 업무에 관한 이야기를 하기에 퇴근 후 약속도 업무의 연장이었다.

　청와대 관사에 살다 보니 가족과 떨어진 주말부부로 살았는데 엄밀히 따지면 토요일 부부였다. 일요일에 출근했기 때문에 가족과 보내는 시간은 토요일이 전부였다. 나는 토요일 하루만이라도 온전히 가족들과 시간을 보내고 싶었다. 그래서 멀리는 못 가더라도 가까운 데 여행을 가거나 구경을 가거나 했다. 또 우리 가족 모두 책을 좋아해 오전에는 도서관에 가서 책과 신문을 보다가 오후에는 수목원에 가서 산책을 했다. 아주 단순했지만 그게 제일 행복한 시간이었다. 집사람도 우리 아들도 그때가 제일 행복했다고 말한다. 하루를 온전히 가족과 보낸 때는 그때가 유일했으니까….

'이어지는 보고들에 머리가 띵하다.'

회의가 오전의 주요업무라면 낮시간의 주요업무는 보고받는 일이었다. 편하게 앉아서 보고받는 일이 그렇게 골치 아픈 일이라는 걸 그때 처음 알았다. 중요한 보고가 너무 많았기 때문이다.

보통 다른 비서관들은 한 개의 부처에서 올라오는 보고를 받는데도 진땀을 흘리는데, 내가 있는 농어업 비서관실은 청와대에서 유일하게 두 개의 부처에서 올라오는 보고를 받는 곳이다. 농림축산식품부와 해양수산부로, 산하기관도 얼마나 많은지…. 여기서 쉴 새 없이 올라오는 보고를 받다 보니 그야말로 시간 가는 줄 몰랐다.

— 공직자들은 어떻게든 위에다 보고하려는 관성이 있죠. 보고하고 움직여야 면피가 되니까….

동료 비서관이 귀띔해준 말이다. 보고가 안 된 사안에서 사고라도 터지면 큰일이 나기에 공직자들은 어떻게 해서든 위에 보고하려고 했다. 그리고 그 보고를 받는 순간, 이제 사안에 관한 책임은 나의 것이 된다. 참으로 식은땀 나는 상황이 아닌가. 보고를 듣다가 '아, 이건 아닌데…. 농민들이 생각하는 방향하고 다른데….'라고 생각되면 다시 불러 지적하고 수정하도록 토론하고 논의한다. 그게 청와대 비서관이 놓쳐서는 안 될 1번 업무였다.

처음 한 달간은 머리가 땡할 정도로 보고를 받았다. 한 시간 단위로 보고를 받았고 계속 또 다른 기관의 보고가 이어졌다. 주로 각 부처나 기관의 국장급 정도 되는 총책임자들이 와서 보고했다. 그보다 더 중요하거나 큰일은 실장님들이 오고, 거기서 더 논의가 필요하고 정책결정이 필요한 일은 차관님과 회의했다.

이런 식으로 한 시간 단위로 보고를 받고 또 받다 보니 어떨 때는 '이분들이 나를 이렇게 훈련시키나?' 하는 생각도 들었다.

— 비서관님, 평가를 부드럽게 해주셔서 고맙습니다.

보고를 마친 대부분 사람이 내게 건넨 인사말이다. 보통은 안 그런가 보다. 나는 보고를 듣다가 중간에 말을 끊지도 않았고 성질을 내지도 않았으며, 처음부터 끝까지 진지하게 다 듣고 나서 그다음에 내 생각을 표현했다.

주로 청와대에 들어오기 전 꼭 실현하겠다며 준비해온 다섯 가지 전략적인 과제들에 관해 대화를 나눴다. 보고하는 분들이 내가 무엇을 원하고 무엇을 핵심적으로 바꾸고자 하는지, 이번 정부에서 가장 핵심적인 개혁이나 변화의 내용이 무엇인지 분명하게 얘기해줬다.

그랬더니 오히려 그들이 좋아했다. 자신들에게 뭘 요

구하는지 확실하게 알려줘서 고맙다고, 준비하는 데 도움이 많이 된다고…. 나는 그렇게 준비해간 계획들을 하나하나 풀어나갔다.

착한 농부의 계획 1

식량안보와 직불제

06

내가 청와대라는 직장에 들어갈 때 준비해간 계획 중 첫 번째는 '식량작물'에 관한 것이다. 우리 농업의 첫 번째 목표와 목적은 국민의 식량을 생산하는 일이다. 헌법처럼 너무나 당연한 이야기이기에 이걸 먼저 짚어야 한다.

왜냐하면, 우리나라 곡물자급률이 23%이고, 쌀을 제외하고는 5%도 안 되기 때문이다. 심각한 일이다. 예를 들어보면, 우리는 연간 약 200만 톤가량의 콩을 소비한다. 그런데 쌀 소비량이 한해 400만 톤이다. 쌀 소비량의 절반이 콩 소비인데, 그 콩의 대부분은 수입에 의존한다.

빵이나 국수의 재료인 밀은 어떤가. 우리의 밀 소비량은 400만 톤이다. 쌀 소비량과 똑같다. 이걸 아는 사람이 별로 없는데 우리는 밀을 쌀만큼 먹고 있다. 그걸 대부분 수입에 의존한다. 옥수수는 무려 천만 톤을 수입한다. 쌀의 2.5배나 많은 양을 수입하고 있다. 이런 것을 차근차근 국내산으로 바꿔 나가는 것이 농업의 역할이고 식량 안보를 지키는 국가의 백 년 계획이다.

두 번째는 우리나라 '농산물의 가격'을 낮추는 일이다. 사실 우리 농산물이 다른 나라의 농산물보다 싸지는 않다. 비싼 경우도 많다. 프랑스에서 살다가 온 사람들도 그런 말을 하고, 독일에서 살다 온 사람들도 그런 말을 한다. 우리나라 농산물이 더 비싸다고 말이다. 과연 그럴까 싶어 조사해봤는데 사실이었다. 이상하지 않은가. 아니 그쪽 농민보다 우리 농민들이 더 힘들고 못 사는데, 그 값을 받아도 생산비도 안 나온다고 아우성인데, 유럽 농민들은 도대체 어떻게 먹고살길래 농산물 가격이 더 싼지 알아봤더니, 원인은 '직불금'이라는 직접지불제도에 있었다.

유럽은 농산물 가격과 비교하면 생산비용이 더 많이 든다. 유럽 농민 역시 농사만 지어서는 적자인생인 셈이다. 이걸 국가가 직불금이란 형태로 보전해주고 있었다. 그렇다 보니 농산물 가격은 싸고 농민들의 소득은 높은 것이었다. 그렇다면 이제 우리도 직불제 중심으로 방식을 바꿔야 하지 않을까?

우리나라는 직불제보다는 가격지지 정책이 압도적이다. 양팟값이 폭등하면 정부가 비축한 양파를 풀어 양팟값을 낮추고, 쌀값이 올라가면 정부비축미를 풀어 안정시키는 그런 방식 말이다. 그런 우리의 가격지지 정책과 유럽에서 주로 쓰는 직접지불 방식, 어느 것이 더 농민과 소비자에게 이득일까. 이와 관련된 유럽연합의 조사결과가 인상적이었다.

예를 들어 우리가 지금 하는 것처럼 가격지지 정책을 쓴다면 정부가 쓰는 예산의 6분의 1 정도만 농가에 귀속된다. 6분의 5는 여기저기로 사라진다. 그리고 농자재를 지원해 주거나 농기계 구매 등을 지원해 주거나 하는 정책을 쓰면 정부지원금의 4분의 1만 농가에 귀속된다. 자재업자는 돈을 벌지만, 농민들에게는 실익이 떨어지는 셈이다. 그런데 유럽처럼 정부가 직접 농민들에게 직불제로 지급하면 2분의 1이 농가에 귀속되더라는 것이다.

여기서 잠깐, 궁금할 것이다. 아니 돈을 직접 주는데 왜 농가에 100% 귀속되지 않고 50%만 귀속이 될까. 나도 궁금해서 직불제 전문가에게 물어봤더니 그분 대답이 걸작이었다.

— 직불제를 하면 농산물 가격이 싸지기 때문에 정부지원금의 절반은 소비자에게 가고, 나머지 절반이 농민에게 오는 효과가 생깁니다.

놀랍지 않은가. 직불제는 소비자에게 지원의 절반이 가는 정책이었다. 그래서 나는, 유럽처럼 농산물 가격을 낮게 유지하면서도 농민들을 잘살게 하는, 농민 좋고 소비자 좋은 직불제 중심 정책으로 우리 농정의 기조를 바꿔야 한다고 봤다.

유럽은 이미 수십 년 전부터 시행하고 있는데 우리도 당연히 그렇게 가야 하지 않을까. 그동안 시기상조라며 차일피일 미루며 경쟁력과 규모의 경제를 노래해 왔다. 그러다 보니 과잉투자와 과잉생산을 하게 되었고, 생산비를 낮추기 위해서 더 규모화할 수밖에 없었다. 이 현상은 결국 과잉생산을 불러와 가격을 폭락하게 했고 농가의 빚만 늘려주었다. 이런 악순환을 수십 년째 되풀이하고 있는데 이제는 유럽식 직불제 중심으로 바꾸는 것이 근본적인 변화가 아닐까. 나는 내 방에 보고하러 온 공직자들에게 이렇게 이야기했다.

착한 농부의 계획 2

순환농업을 해야겠구나

07

세 번째로는 '순환농업'을 해야 한다는 계획이었다. 왜 순환농업을 해야 하냐면, 우리 논과 밭에 뿌리는 화학비료의 양이 적정량보다 40%를 초과하기 때문이다. 비료를 엄청나게 뿌리고 있는 거다. 그러고 나면 축산분뇨 같은 거름은 갈 데가 없다. 거름은 정작 갈 데가 없어서 하수종말처리장에서 처리돼 강으로 흘러가고 있고, 화학비료는 화학비료대로 넘치게 쓰고 있는 게 우리의 현실이다. 이게 이래서야 되겠는가. 순환농업을 해서 우리 후손들에게 깨끗한 땅과 물을 물려줘야 하지 않겠는가? 그러면 어떻게 하면 될까?

일본에 가서 봤더니 축산분뇨를 액체비료 상태로 잘 처리한 뒤 지하시설에서 3주에 걸쳐 일주일 간격으로 발효시키고 있었다. 발효돼 나오는 걸 보니 냄새도 나지 않았고, 지하에 매설된 발효시설 위에는 공공체육시설을 꾸며서 밖에서 봐도 깨끗했다.

그런데 여기서 나오는 액체비료에 뭔가를 섞어 넣고 있었다. 저게 뭔가 물어보았더니 폐소화기 분말이란다. 버려지는 소화기 안에 든 분말이 주로 인산 성분이라서 이것을 킬로그램 단위로 무게를 달아 물거름(액비)에 넣어주고 있었다.

이걸 농가에 공급하면서 1톤에 600원을 받고 있었다. 사실상 공짜로 뿌려주는 셈이다. 그런데 일본은 이렇게 자원순환형으로 농사를 지어야 직불금이 나온다. 순환농업을 전제로 하는 진짜 친환경 직불금인 셈이다. 반면 우리의 친환경 직불금은 외국에서 수입해 들어오는 깻묵(유박)을 사서 뿌려도 직불금이 나온다. 앞뒤가 안 맞는 거다.

강물을 깨끗이 하려면 우선 논물을 깨끗이 해야 한다. 그러려면 화학비료 초과분의 40%를 줄이고, 축산액비를 순환으로 써야 한다. 겨울에는 보리나 밀을 키우면 질소가 작물이 되고, 그 작물이 사료가 된다. 그러면 그것은 다시 소의 먹이로, 돼지의 먹이로 가는 '순환형'이 되게 한다. 그래야 깨끗한 물과 비옥한 토양을 후대에 물려줄 수 있다.

그런데 우리는 깻묵(유박)을 외국에서 사서 뿌리고, 가축사료도 외국에서 들여오는 GMO 사료를 사서 쓴다. 순환의 고리가 철저히 끊어진 상태다. 이 고리를 복원하는 '순환농업'으로 가야 한다는 것이 내가 가진 세 번째 계획이었다.

착한 농부의 계획 3

공공급식과 농민조직

08

네 번째 우리 농업의 대안은 '공공급식'이다. 내가 이렇게 생각한 이유는, 농업이라는 게 단 한 번도 농민 스스로 가격을 결정해본 적이 없기 때문이다. 농산물 가격은 외부에서 경매라는 방식으로 결정된다. 다른 분야는 하다 하다 안 되어 폭삭 망해야 경매에 맡기지만 우리 농민들은 곧바로 경매에 모든 걸 맡긴다. 그러니 주면 주는 대로 받게 된다. 농민은 약자일 수밖에 없고 가난할 수밖에 없다. 이런 구조를 근본적으로 깨나가기 위해서는 먹거리 수요에 따라 필요한 것을 우리가 계획하고 생산하는 시스템으로 바꿔야 한다.

이걸 유럽에서는 '푸드플랜(Food Plan)'이라고 부른다. 지역의 먹거리 계획, 즉 로컬푸드 플랜을 통해서 수요에 맞게 농산물을 생산해나갈 방법은 없는지 구체적으로 살피다 보면 '학교급식'을 만나게 된다.

예를 들어보자. 지금 대부분 농민은 일단 생산해놓고 팔 곳을 찾는다. 내가 논이 있으니까 거기다 벼를 심고, 밭이 있으니까 고추를 심고, 상추를 심고 농사짓기 쉬운 걸 심는다. 그러니 팔 때 고생길이 열리는 거다.

순서를 뒤집어 보면 어떨까. 생산하기에 앞서 안정된 판로부터 확보하고 가는 거다.

그게 가능한 곳이 '학교급식'이다. 학교급식은 학생수만 정해지면 물량이 정해지고, 이에 따른 재배면적이 정해진다. 경기도 같은 경우는 학교급식에 모든 가격이 미리 정해지고, 양도 정해진 상태에서 생산이 시작된다. 얼마나 안정적이고 예측 가능한가.

과연 학교급식으로 얼마나 많은 양을 충당할 수 있을까? 이런 의문도 들 것이다. 계산해본 바로는 우리나라 먹거리 소비량의 약 13% 정도는 공공급식의 물량으로 가능하다. 학교급식뿐 아니라 군대급식, 단체급식, 어려운 이들을 위한 복지성 급식 등 정부예산이 단 10원이라도 들어간 급식을 모두 '공공급식'으로 분류하고 이를 로컬푸드와 푸드플랜으로 조직화하면 전체 소비량의 13%를 감당할 수 있는 양이 되는 것이다.

13%는 결코 적은 물량이 아니다. 현재 우리 곡물자급

률이 23%이니까 전체 농업의 절반이라는 뜻이다. 우리 농업의 절반이면 이게 우리 농업의 가장 큰 해법이고 대안이 될 수 있지 않을까.

그래서 이런 푸드플랜을 우리 농업의 핵심대안으로 삼자고 청와대에 들어가서 제안했고 농림축산식품부에도 제안했다. 그 결과 2019년부터 군대급식이 새로 시작되고 전국 공공기관이 로컬푸드 급식으로 바뀌어 가고 있다. 이렇게 시작해 초중고 급식으로 점차 확대해 나가는 게 대한민국 푸드플랜이다. 로컬푸드의 꿈이자 대안이다.

다섯 번째는 '농민운동 조직의 강화'였다. 농업이 발전하려면 농민조직이 강해야 한다. 유럽에서는 기업인들이 '상공회의소'를 만든 것처럼 농민들도 '농업회의소'

라는 걸 만들어 농민 스스로 생산을 조정하고 있다. 농민들의 힘으로 농산물 과잉생산을 막아내고 있다는 말이다. 과잉생산을 막을 수 있다니, 우리 농민들에게는 꿈 같은 일이다.

누군가 시골에서 농사짓는 분 아무나 붙잡고 '풍년이 좋나요, 흉년이 좋나요?'라고 물어본다면 의외의 답변을 들을 수 있다.

— 풍년은 좋을 게 없어.

조금이라도 과잉생산 되면 무조건 손해를 보게 되어 있기 때문이다. 생산량이 많아 일도 훨씬 더 많이 하는데 값은 폭락하기 때문이다.

적정한 듯하면서 조금 모자라야 좋은데 그게 마음처럼 되던가. 그런 과잉생산 문제를 유럽에서는 정부 대신 농민 스스로 조정하고 있다.

사실 정부는 '생산을 줄여라, 말아라.'라고 말하지 못한다. 공산주의도 아니고 그렇게 말하는 순간 책임져야 하기 때문이다. 그렇지만 농민 스스로는 생산과잉이 모두에게 손해이기에 조직된 농민들이 스스로 생산조정에 나설 수 있다.

'어떻게 하면 우리도 유럽처럼 조직된 농민으로 생산의 주인이 될 수 있을까?'

그래서 나는 우리나라에 '농업회의소'를 만드는 것에 대해 정말 많이 고민해왔다. 만들 수 있고, 만들어지면 할 수 있는 일이 무궁무진하기 때문이다.

일례로 경기도에서는 농사를 지으면서도 정부에서 주

는 직불금을 못 받는 농가들이 매우 많다. 땅주인 따로 농사짓는 사람 따로 부정수급이 정말 많은데 이게 문서로는 드러나지 않는다.

이 문제를 푸는 방법은 농민 스스로 부정수급 문제를 검증하는 민관 거버넌스(Governance), 가칭 '직불금이행점검위원회' 같은 조직을 면 단위별로 만들고, 거기서 가짜들이 발을 붙이지 못하도록 실행하면 된다.

정부 눈은 속여도 동네사람들과 농민들 눈은 웬만해선 속일 수 없기 때문이다. 이런 것들이 결국 농민조직의 힘이 없이는 불가능하므로 결국 우리 농업과 농민의 문제를 해결하는 것은 농민조직을 강화하는 것으로 귀결된다.

자, 이렇게 풀어야 할 과제가 정해졌다면 이제부터는 어려운 수학문제를 풀듯 끈질기게 달라붙어 풀릴 때까지 파고 또 파는 것만 남았을 뿐이다.

다섯 가지 계획

하나, 식량작물 강화

둘, 직불제 혁신

셋, 순환농업

넷, 공공급식 확대

다섯, 농민조직 강화

나는 이 다섯 가지를 반드시 풀겠다는 각오로 청와대에 들어왔다. 그리고 운 좋게도 대통령과의 식사자리에서 이에 관해 이야기를 나눌 기회가 생겼다.

대통령과의 첫 만남

대통령의 밥상은 소박했다

09

지금 생각해도 운이 참 좋았다.

'대통령과의 첫 만남에서 첫 단추를 끼게 될 줄이야…'

처음 비서관이 되면 관례상 대통령과 함께 밥을 한 끼 먹을 기회가 주어진다. 나도 그랬다. 그런데 말이 그렇지 대통령과 밥 한 끼 먹는 거 엄청나게 떨린다. 밥이 어디로 들어가는지 모를 지경이다. 나와 여성가족비서관, 이렇게 두 명의 신입들이 한쪽에 앉고 앞에는 대통령과 부속실 비서관, 이렇게 두 분이 앉았다. 넷이 마주 앉아 이야기를 나누고 있는데 밥이 나왔다. 놀랍도록 소박했다. 거의 급식스타일이랄까.

문 대통령의 밥상은 소박하기로 유명하다. 평상시 밥과 국, 반찬 서너 종류의 음식이 쟁반 위에 올려져 대통령이 일하는 집무실로 온다.

음식이 그다지 크지 않은 테이블 위에 놓이면 열심히 일하던 대통령은 딱 단출하게 드시고는 다시 일을 한다. 그 밥상을 보면 소박해도 너무 소박하다는 말이 저절로 나올 정도다.

그런 소박한 밥상 위에서의 대화는 자연스럽게 농업문

제로 흘렀다. 대통령께서 먼저 물으셨다. 농민들이 그래도 바뀐 정부의 농업정책을 조금은 좋아하지 않느냐고.

— 쌀값도 좋아졌고, 그래서 농민들이 조금은 좋아하지 않던가요?

— 예, 대통령님. 농민들이 대체로 좋아는 하시는데, 여전히 우리 농업이 근본적으로 바뀌기를 원하고 있습니다.

나의 대답에 대통령은 진지한 표정으로 되물었다.

— 그럼, 뭘 하면 근본적으로 바뀔 수 있을까요?

— 제가 생각할 때는 학교급식, 공공급식 이 부분을 저희들이 조금 도와주면 근본적으로 바꾸는 데 큰 도움이 될 거 같습니다.

— 좋은데…. 그러면 돈이 많이 들지 않을까요?

— 그렇게 많이 들지 않습니다. 왜냐하면, 지방정부들이
이미 학교급식, 공공급식을 많이 하고 있기 때문에
우리가 조금만 보태주면 충분히 가능성이 있습니다.

그러면서 나는 세계무역기구, WTO와 관련된 내용을
말씀드렸다.

— 특히, 지금 이것이 중요한 이유가 2016년에 WTO에
서 학교급식, 공공급식 등 급식과 관련된 프로그램은
WTO 위반사항이 아니라는 합의에 이르렀습니다.
더 이상 급식에 국내산 농산물을 쓰는 것이 WTO에
서 문제가 되지 않기 때문에 이럴 때 저희가 적극적
으로 하는 것이 필요합니다.

그랬더니 대통령께서는 흔쾌히 답해주셨다.

— 그럼 한번 해보세요.

이런 대통령의 말씀을 옆에 있던 부속비서관이 적고 있었다. 그 의미는, 이날의 대화가 곧 대통령의 '말씀자료'가 된다는 뜻이다. 청와대에서 대통령 말씀은 매우 중요한 의미가 있다. 법이 없으면 새로 만들어서 국회로 보내야 하는데 이때 대통령의 의중은 모든 추진력의 기준이 되기 때문이다.

대통령 말씀은 그대로 주무부처인 농림축산식품부에 전달되었다. 이후 급식 관련 협의가 본격화되더니 농림축산식품부 내에 태스크포스팀이 만들어졌다. 본격적으로 탄력이 붙기 시작한 거다.

군대급식의 시작

군대는 더 빠른 속도로 추진되었다

10

대통령께서는 이런 말씀도 해주셨다.

— 나중에 도지사들이 모이는 자리에서 (공공급식)
모범사례를 발표할 수 있도록 준비해 보세요.

우리는 아주 잘 됐다는 마음으로 열심히 준비했다. 추

진력이 붙으니 다양한 해법들이 나왔다. 예를 들어 우리나라의 공공기관들이 그 지역 농산물 식재료를 쓰는 로컬푸드 급식체계를 받아들이고 준비하게 된 사연… 이것도 할 이야기가 너무 많다.

전남 나주시에는 농업과 관련한 공공기관들이 모여 있다. 여기부터 로컬푸드로 바꾸어 보자는 생각이었는데 그게 쉽지 않았다. 안 된다는 목소리가 많았기 때문이다.

'위탁운영이라서 안 되고, 생산품목이 다양하지 않아서 안 되고, 공급체계가 없어서 안 되고, 가격차가 나서 안 되고, 지역농가의 준비가 안 돼서 안 되고, 영양사 마음이라서 안 되고, 기존 납품업체 저항이 있어서 안 되고….'

이런 식으로 공무원 조직은 해야 할 이유가 세 가지라면 안 되는 이유로는 열 가지 정도가 나왔다. 나는 말했다.

— 농업 관련기관이 지역농민에게 도움을 주는 게 뭐죠? 가능한 방법을 찾아보시죠. 대통령의 뜻이기도 합니다.

이어서 공공기관들에게 어떻게 하면 그런 급식을 할 수 있느냐고 물어봤다.

— 공공기관들이 로컬푸드 급식을 하게 하려면 정부에서 돈을 드리면 되나요? 아니면 다른 지원을 해드리면 될까요?

그랬더니 전혀 뜻밖의 답변이 돌아왔다.

― 그런 거 필요 없고, 공공기관들의 경영평가 점수로
만 반영해주시면 됩니다.

신의 한 수였다. 공공기관들은 경영평가 점수를 잘 맞
느냐 못 맞느냐에 따라 직원들의 인센티브 액수가 달라
지고 월급도 달라진다. 그 점수에 공공급식 실적이 반영
된다면 기관들이 알아서 급식을 챙겨나간다는 것이다.
아주 좋은 생각 아닌가. 바로 점수에 반영시켰다. 기획재
정부에 부탁해서 국가산업 공공기관의 점수평가에 집어
넣고, 행정안전부에 부탁해 지방 공공기관의 점수평가에
집어넣기로 했다.
그렇게 체계를 바꾸기로 결정하고 실행을 앞두고 준비
하는 단계에 와있다. 우리 공공급식이 질적으로 도약할
계기를 마련한 것이다. 여기서 그치지 않았다.

— 그러면 군대도 한번 바꿔보세요.

공공급식의 성과를 보고받은 대통령께서는 군대급식까지 추진해보라고 하셨다. 군 통수권자인 대통령의 말씀이라 그런지 군대는 더 빠른 속도로 추진되었다. 통밀 시식회를 했다. 청와대 뒤편 삼청동에 김치찌개를 잘하는 식당이 있는데 그곳에 시민사회수석님과 국방개혁비서관, 경기도 학교급식 담당자, 서울시 학교급식 담당자들이 모여 우리밀로 만든 통밀시식회를 가진 것이다.

— 드셔 보세요.

통밀을 10%, 20%, 30% 섞은 것으로 시식회를 했다. 군대급식과 학교급식에 우리밀을 잡곡으로 사용하는 것을 검토하는 회의를 식당에서 열었다. 통밀을 섞은 밥은 마치 찹쌀밥처럼 찰기가 많다. 껍질에 각종 영양소도 풍부하다. 가격도 쌀보다 훨씬 저렴하다. 모두 좋은 평가가 나왔다. 그렇게 군대와 학교에서 시작하기로 했다.

—국방비서관님, 대통령님께서 이렇게 말씀하시는
데 국방비서관님께서 (국방부에) 지시를 좀 내려
주시면….

이렇게 말씀드리자마자 바로 그다음 주에 본격적인 회의가 잡혔고 그렇게 회의를 잡고 진행하더니 바로 군대급식이 시행된 것이다. 국방부는 정말 빠르더라. 2019년부터 시범사업으로 접경지역에 주둔한 군대급식에 로컬푸드가 들어간다. 수입농산물을 100% 안 쓸 수는 없지만, 부지런히 준비하고 되는 대로 바꾸는 중이다.

한편, 농가들을 조직해 군대급식에 들어갈 먹거리 공급시스템을 만들고 있다. 군 납품체계가 그러하듯이 군대에 들어가는 식재료 역시 40년이 넘도록 특정제도와 사람들이 독점공급을 해왔다. 이제 그 제도를 뜯어고쳐 독점을 허물고 농민들로 조직된 급식센터 중심의 새로운 체계를 만드는 작업이 진행되고 있다.

군대급식이 새롭게 시작되면서 국방개혁비서관실과 농어업비서관실이 평가를 위한 연찬회를 열었다. 그 자리에서 나는 매우 고맙다고 인사를 드렸다. 우리밀이 팔리지 않아 창고에서 썩는다는 하소연에 가슴이 아팠는데 판로를 찾게 되어 고맙다고 말했다.

그런데 의외의 답변이 돌아왔다. 군인의 수가 급격하게 줄고 있어서 해마다 급식예산이 줄고 있는데 농어업비서관실이 지켜줘서 오히려 고맙다는 것이다. 이 같은 현상은 학교도 마찬가지다. 군인이 줄고 학생이 줄면서 기존의 급식예산도 점차 줄고 있다. 이 부분을 국내산 로컬푸드로 바꾸고, 친환경으로 바꾸어 나가면서 극복할 수 있다는 것이다. 공공급식에 농산물뿐만 아니라 가공식품도 국내산으로 바꿀 수 있는 시대적 여건이 마련되고 있었다.

학교급식에 나랏돈이
못 들어간다니

학교급식에 GMO 식품을 쓰지 않아야 한다

11

이렇게 가슴 벅찬 성과가 있지만 아쉬움도 있었다. 급식과 관련해 내가 꼭 바꾸고 싶었고 바꿔야 했지만 끝내 완수하지 못하고 나온 게 하나 있었는데 바로 학교급식에 국비를 지원하는 부분이었다.

아이러니하게도 우리 아이들 학교급식에는 국비지원

이 못 들어간다. 학교급식이 지방사무라서 그렇다. 보조금과 관련된 법률의 문제이다. 그 때문에 학교급식은 순전히 지방자치단체 역량으로 해결해가야 하는데, 이러다 보니 학교급식을 계기로 우리 농산물 로컬푸드 시장을 재편하는 데 한계에 부딪히게 된다.

약 1,600억 원가량의 국비지원만 이뤄지면 2조 5천억 원가량 되는 학교급식의 식재료 시장을 로컬푸드로 완전히 바꿔낼 수 있는 마중물 역할을 할 수 있는데 말이다.

어떻게 학교급식 갖고 그런 변화를 이끌어 낼 수 있을지 의아해하는 사람도 있을 것이다. 흥미로운 자료를 소개해본다. 우리 아이들이 먹는 급식에 GMO 농산물(유전자조작 농산물)이 들어가는 걸 반기는 사람은 없을 것이다. 지자체 몇 군데에서는 과감하게 학교급식에서 GMO를 몰아내는 프로젝트를 시도하기도 한다. 만일 처음부터 모든 학교급식에 GMO 식품을 쓰지 않도록 계획을 세우고 추진해나간다면 어떤 일이 벌어질까?

— GMO 콩기름 식용유를 국내산 유채유로 바꾸면 유채밭 22,000ha 필요함, 두부 등 콩 가공품을 우리콩으로 바꾸면 콩밭 18,000ha 필요함.

죽어가는 콩농사, 유채농사가 되살아난다. 수입농산물에 밀려 자취를 감춰가던 콩농사와 유채농사가 학교급식을 통해 아이들의 건강한 식생활을 돕게 된다. 농사의 활력을 되찾는 계기도 마련된다.

학생 1인당 급식소비량(180일 기준)으로 조사된 1인당 식용유 소비량과 두부, 콩나물 소비량 등에 대입해 계산해봤더니 다음과 같은 결과가 나온다.

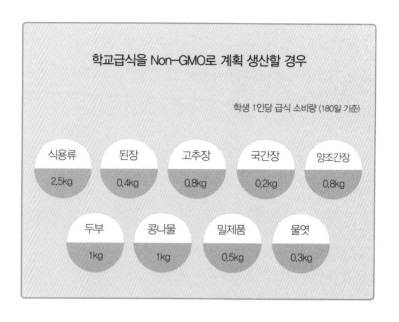

학교급식을 Non-GMO로 계획 생산할 경우

학생 1인당 급식 소비량 (180일 기준)

식용류 2.5kg

된장 0.4kg

고추장 0.8kg

국간장 0.2kg

양조간장 0.8kg

두부 1kg

콩나물 1kg

밀제품 0.5kg

물엿 0.3kg

그런데 이런 파급력을 지닌 학교급식에 국비를 쓰고 싶어도 보조금법으로 인해 쓸 수가 없다니…. 시장을 바꿀 수 있는데도 바꾸지 못하니 얼마나 안타까운 현실인가. 이런 모순을 고치고 싶었지만, 결국은 못 고치고 나온 게 못내 아쉽다. 국회의 일이기도 했기에 여기저기 많이 부탁은 드렸었다. 만일 내가 국회로 간다면 반드시 이 문제를 먼저 손보고 싶다. 법안을 통해서 공공급식에 정부 예산이 들어가도록 확실하게 개정해 나가야 한다. 그러면 학교급식을 포함한 공공급식을 통해 우리 농업을 확실하게 바꿔나가는 계기가 마련될 것이다.

디지털에서
답을 찾다

해마다 되풀이되는 가격폭락의 해답

12

2018년 겨울에 뭇값, 배춧값이 폭락하더니 2019년부터 양팟값과 마늘값이 폭락했다. 너무나 가슴 아픈 일이 해마다 되풀이되고 있다. 왜 이런 비극이 해마다 되풀이되고 있을까?

이유가 있다. 농민들은 올해 무엇을 심을지 고민할 때 전년도 농산물 가격을 기준으로 삼는다. 작년에 생산이 과잉되어 폭락했으면 올해는 그 작물을 안 심는다. 대신 작년에 값이 좋았던 작물을 심는다. 그런데 문제는 정부도 그렇고 농민도 그렇고 농산물을 수입하는 농식품 유통공사도 다 똑같이 그렇게 한다는 것이다.

한국농수산식품유통공사(aT, Korea Agro-Fisheries & Food Trade Corporation)도 전년도 상황을 토대로 올해 수입계획을 세운다. 그러니 농민도 전년에 안 심었으면 올해 많이 심고, 유통공사도 전년에 수입을 안 했으면 올해는 많은 양을 수입한다. 이렇게 똑같은 오류가 반복된다.

대기업 같으면 업종별 생산량 조절을 통해 이 문제를 막을 수 있을 거다. 그러나 우리 농민들은 해마다 또는 계절마다 무, 배추, 고추, 양파, 마늘 등 생산업종을 수시로 바꿀 수 있는 백만 개의 개별 기업과도 같다. 도무지 조직이 안 되는 것이다. 그렇다면 이걸 어떻게 풀어야 할까.

내가 해법으로 고민했던 것은 '디지털'이다. 유럽의 사례를 보니 농사짓는 필지별로 정보를 전부 데이터베이스화해놓고 있었다. 해당 필지를 클릭하면 누가 어떤 작물을 얼마나 심었는지 디지털 정보가 나오는 거다. 그런데 사실 이거 우리가 제일 잘할 수 있는 분야가 아닌가? 우리가 세계 제일의 디지털 강국인데 유럽의 정보화를 적용하지 못할 일도 없다.

구체적인 방식을 고민해봤다. 우리나라는 농가경영체 등록이라는 걸 하고 있다. 농가경영체를 보면 앞에서와 같은 디지털 정보들이 다 들어간다. 우리도 이미 시행하고 있다. 중요한 것은 그 정보가 하나도 맞지 않다는 거다. 이걸 바로 잡아서 맞지 않는 정보를 딱 맞게 만들자는 게 혁신의 문제의식이다.

그렇게만 하면 예를 들어 마늘밭, 양파밭이 올 10월에는 몇 평, 11월에는 몇 평 생겼고, 전라도에 몇 평, 경기도에 몇 평 생겼으며 누가 몇 평 심었는지도 알 수 있다. 이제는 정확한 농지 디지털 정보화 시스템을 구축하자는 것이다.

어떻게 정확한 정보를 구축할 수 있을까? 정확한 정보 제공을 생산자 농민의 신고의무로 하고, 의무를 지키는 사람에게 직불금을 주면 된다. 왜냐하면, 정확한 생산정보 제공은 의무사항으로, 정부 좋자고 하는 게 아니라 농민 좋자고 하는 일이다. 스스로 생산과잉을 막아내는 것이니까.

물론 기술적인 부분에서 넘어야 할 것도 있다. 유럽만

해도 우리나라보다 농민 1인당 경지규모가 훨씬 더 크다. 덩어리가 크니 정보화도 쉬운 편이다.

반면 우리나라는 손바닥만 한 텃밭도 많고 작은 밭도 많은데 이걸 다 어떻게 디지털로 잡을 수 있겠느냐는 반론도 있을 수 있다. 밭작물은 연중 몇 모작을 해야 하기에 모든 작물에 관한 정보를 기대하는 게 어려울 수 있다.

그러나 이런 어려움은 원칙을 바로 세우는 것으로 해결할 수 있다. 시장에 내다 팔 농산물에 관한 정보만 제공하면 된다. 내가 먹으려고 심는 건 제공할 필요가 없다.

현재 우리나라에서 직불금을 받으려면 최소한 300평 이상의 재배면적이 필수다. 딱 여기서부터 시작하면 된다. 직불금을 받는 면적과 시장에 영향을 미치는 면적에 관한 데이터를 제공하자는 것이다.

그렇게 제도개편을 하자고 제안했다. 관련해서 제주도에서 먼저 시범사업을 추진하는 것으로 알고 있는데, 제대로 정착된다면 획기적인 전환계기가 되지 않을까 기대한다.

더구나 또 다른 장점도 기대할 수 있다. 그건 바로 직불금 검증의 효율성이다. 예를 들어 친환경 농사를 지을 때 친환경 직불금을 받으려면 누군가는 농사에 관해 감시를 해야 한다. 진짜로 논에 우렁이를 집어넣고서 농사 짓는지 아니면 말로만 친환경 농사를 짓는다고 하고 실제로는 제초제를 뿌리고 있는지 말이다.

그런데 최근 일본에서는 친환경 농부가 자신의 스마트폰 카메라로 내가 우렁이를 넣었다는 사진, 소위 인증사진을 찍어 신고를 한다.

그러면 인증사진을 찍어서 올린 위치정보가 나온다.

이게 과연 이 사람의 논인지, 다른 사람의 논인지 GPS 위성정보로 식별하여 그 사람이 그 논에서 우렁이를 넣었다는 사실이 아무 말 할 필요도 없이 인증되는 것이다.

우리나라도 하루속히 이러한 디지털 방식을 도입해야 한다. 우리는 친환경 직불금을 받으려고 1년 치 영농일지를 검증한다. 그러면 이걸 읽는 사람도 힘들고 쓰는 사람도 힘들고, 마치 밀린 방학숙제를 하듯이 1년 치 영농일지를 가짜로 쓰면서 별일이 다 벌어지고 있다. 나이가 드신 농민들은 이런 형식에 질려서 하지 않으려고 한다. 이런 불편을 스마트하게 해소하는 게 진짜 디지털 시대에 적합한 스마트농업이 아닐까.

알프스 소녀 하이디는
'공익형 직불금'을 먹고산다

스위스 농촌과 한국 농촌의 차이는 '직불제'의 차이

13

— 이제 우리도 공익형 직불제로 바꿔야 합니다.

— 공익형 직불제? 그게 뭐죠?

사람들은 대부분 고개를 갸웃거렸다. '직불제'가 뭔지 대충은 알겠는데, '공익형 직불제'는 도통 잘 모르겠다는 거다. 그럴 수밖에 없다. 우리나라에는 아직 '공익형 직불제'라는 개념이 정착되지 않았기 때문이다. 우리가 아는 직불제는 쌀값보장처럼 농민들의 모자라는 소득을 '보상'해주는 제도가 전부다. 그러니 인터넷에서 '직불제'를 쳐봐도 이렇게 나온다.

'직불제(直拂制) - 정부가 생산자에게 직접 소득을 보조하여 주는 제도'

그런데 스위스 같은 유럽의 농민들이 생각하는 직불제는 우리와 다르다. 그들이 생각하는 직불제는 '공익형 직불제'이다. 정부가 그 사람의 모자라는 소득을 보조해주는 게 아니라, 그 사람이 하는 공익적 활동에 관해 보상해주는 제도 속에 살고 있는 것이다.

예를 들어 스위스 농민이 자기 밭에 친환경으로 농사를 짓는다거나 혹은 정부가 심으라고 권장하는 식량작물을 심는다면, 스위스 정부는 이 사람이 얼마나 스위스 사회와 국가에 공익적 이바지를 하는지에 관해 비중을 매겨 돈을 준다. 친환경 농사를 짓는 활동에 관해 직불금을 주고, 식량작물을 가꾸는 것에 관해 또 다른 직불금을 준다. 직불금의 종류가 정말 많았다. 스위스만 해도 12개나 된다. 이러니 스위스 농촌을 여행한 우리나라의 신성미 작가는 신동아 기고글에 이런 제목을 붙였다.

'알프스의 하이디는 보조금을 먹고산다! – 아름답고 풍요로운 농촌의 비밀!'

이 직불금은 대부분 공익적 활동에 따른 공익형 보조금이다. 그들이 받고 있는 직불금의 종류와 주요조건들은 신기하기도 했는데 참고하기 위해 그것들을 목록으로 적어봤다. 간단히 요약했는데도 분량이 꽤 된다.

스위스의 직불금 종류와 주요조건

직불금 종류	직불금 조건
1. 면적 직불제	1ha당 135만 원 (다년생은 83만 원 추가)
2. 방목 직불제	마리당 90만 원 (소동물은 67만 원)
3. 조건불리 축산 직불제	구릉지역 마리당 39만 원 산악1존 62만 원, 산악2존 95만 원 산악3존 126만 원 산악4존 160만 원
4. 경사 직불제 (50a 이상)	경사도 18~35%면 1ha당 53만 원 경사도 35% 이상 1ha당 80만 원
5. 경사지 포도 직불제	경사도 30~50% 1ha당 195만 원 경사도 50% 이상 390만 원 계단식 포도밭 650만 원
6. 생태보상 직불제	1ha당 39만 원~364만 원 (자연보호법 근거종류에 따라)

7. 조방적 곡물생산 직불제	1ha당 52만 원 (정부기관이 추천하는 곡물 20a 이상 심고 살균제, 살충제를 쓰지 않고 수확할 경우)
8. 유기농 직불제 (유기농업법에 따라 생산)	일반농경지 1ha당 26만 원 탁 트인 개활지 123만 원 포도, 과일, 담배, 의약용 허브 175만 원
9. 환경규정이행 직불제	1ha당 26만 원~260만 원 (생태수준 향상에 따라)
10. 동물복지형 직불제	규정된 사육시스템 준수
11. 정기방목 직불제	소, 말, 양, 염소, 토끼 마리당 23만 원 젖뗀 돼지 20만 원 닭, 칠면조 36만 원 (5~10월 중 월 최소 26회 방목 시, 11~4월 중 월 최소 13회 방목 시)
12. 여름방목 직불제	소 1ha당 43만 원 양 1ha당 43만 원 (여름철 산에 방목 시, 늘 목동이 감시하는 조건)

이렇게 지원하고 관리하니까 저 푸른 초원 위에 그림 같은 집을 짓고 사는 농촌경관이 유지되고 있는 것이다.

종류도 많았지만, 더 놀라운 것은 이 많은 직불제를 한 사람이 중복수령 해도 아무런 문제가 되지 않는다는 것이다. 한 사람이 12개를 다 타는 일도 있다. 우리나라 같으면 난리가 날 일이다.

'아, 이 사람은 돈을 받았으니까 이거 제하고 저거 제하고 중복수급은 안 돼!'

이게 우리의 상식 아닌가. 그러나 그 나라에서는 전혀 문제가 되지 않는다. 공익형 직불금이기 때문이다. 농산물 가격이나 소득에 관해 주는 게 아니라, 그 사람이 하는 모든 공익적 활동에 관한 보상이기 때문이다. 활동을 많이 하면 그만큼 많이 주고, 활동을 안 하면 안 준다.

스위스를 비롯하여 유럽의 국가들은 그런 공익형 직불제를 통해서 농산물을 싸게 만들고 대신 농민들에게 활동비를 주고 있다. 그 사람이 어떤 공익적 활동을 했는지 입증할 수만 있으면 주고 있다.

이제 우리도 그런 방식으로 바꾸자고 말했더니, 이런 질문이 많이 들어왔다. 검증을 어떻게 할 거냐는.

— 예전에 쌀농사 짓지도 않으면서 직불금만 꿀꺽하는 부정수급이 사회적 문제였잖아요. 그런 걸 어떻게 막죠? 실제 활동했는지 입증을 어떻게 하죠?

실무적으로 굉장히 중요한 문제다. 그래서 나는 앞서 잠시 언급한 일본의 친환경농업 인증사진 사례와 같은 '디지털 방식의 자기신고 검증방식'을 제안했다. 정보공개를 통해 상호검증을 강화하면 문제가 풀린다는 소신도 피력했다.

— 모든 걸 디지털로 하고 그것을 공표하도록 하고, 그
  것을 공개하도록 하면 답이 보입니다. 투명해지는
  가장 확실한 방법은 공개거든요. 그러니까 이 논을
  누가 경작하는지를 공개하는 겁니다. 그러면 개인정
  보인데 어떻게 공개하느냐는 문제가 나오죠.
  그런데 가만히 보면 누구든지 아무 땅이나 지번을
  찍어서 토지대장 떼면 땅주인이 나오는 현실입니다.
  그렇죠? 논 주인도 공개하는데 누가 농사짓는지 공
  개 못 할 이유가 뭐가 있겠습니까?
  그렇게 공개하고 직불제이행점검위원회를 통해서
  민간이 검증하는 시스템, 그러니까 서류가 아니라
  사람이 검증하는 시스템으로 만들면 이 문제를 해결
  할 수 있습니다.

이렇게 설득해나갔다. 물론 검증방식에 관해서는 더 많은 구체적인 보완과 준비가 필요할 것이다. 그러나 분명한 것은 대체로 공익형 직불제에 관한 취지에는 공감대가 형성되고 있다는 점이다.

쌀 직불금부터
공익형으로

직불제는 우리의 미래다

14

— '공익형 직불제 탄력…' 내년도 공익형 직불제 관
련 예산이 2조 2천억 원으로 편성되면서 정부가 추
진하는 직불제 개편이 탄력을 받게 됐다. 농식품부
예산이 15조 원을 넘어선 것은 처음이다. (연합뉴스,
2019.8.29.)

뉴스를 보면서 빙긋 웃어보기는 처음이다. 대부분 뉴스가 눈살을 찌푸리게 하건만 이 뉴스는 달랐다. 사실 내가 청와대에 있는 동안 열심히 고민하고 일해서 만든 혁신성과 중 하나였기 때문이다.

공익형 직불제로의 개편작업에서 나는 첫 사례를 만드는 게 중요하다는 생각이 들었다. 그래서 역시 쌀 직불금에 대한 개편부터 시작했다.

'쌀농사 자체가 공익이다.'

지금까지 '쌀 직불금' 하면 농민들이 쌀농사를 지으면서 모자라는 소득을 보전해주는 방식이었다. 그래서 무조건 농사짓는 면적에 비례해서 줬다. 당연히 많은 평수를 짓는 대규모 농가들에 혜택이 쏠린다는 비판이 따랐다. 그런데 이걸 '공익형 직불제'로 바꾸면 계산방식이 달라진다. 쌀농사에 관한 적자를 정부가 메꿔주는 게 아니라, 농민들이 쌀농사를 짓는 것 자체가 우리의 식량을 지키고 우리 농촌을 유지하는 것이기에 이에 대한 공익적 보상은 면적비례가 아닌 면적당 일정금액으로 지급하자는 것이다. 무슨 말이냐면 예를 들어 1,500평 이하는 1,500평 값으로 주게 된다. 300평 농사도 1,500평 값으로 주고, 500평 농사도 1,500평 값으로 준다. 왜냐하면, 쌀농사를 짓는다는 그 자체가 중요하기에 비록 적은 규모일지라도 소농의 형태로 쌀농사를 짓고 있는 농민은 보상되어야 마땅하다.

과거에는 면적비례로 직불금을 받아왔기 때문에 대규모 농가일수록 많고, 소규모 농가일수록 적었다. 그렇다면 이제부터는 완만하게 조정해서 대농일수록 혜택이 약간 덜 가고, 소농에게 혜택이 많이 가는 방식으로 바꾸는 방안을 만들자는 것이다.

'쌀보다 훨씬 힘든 밭농사 직불금도 높이자.'

그러면서 밭작물에 관한 직불금을 강화시켰다. 논 하고 밭이 있는데 논은 직불금이 많은 반면 밭은 적었다. 그런데 실제로는 밭농사가 논농사보다 약 8배가량 힘들다. 훨씬 힘든 일을 하면서 직불금 혜택은 적은 것이다. 공익적인 가치가 있는 밭작물에서 자급도가 훨씬 떨어지는데다 적은 평수의 소농들이 대부분 다 밭작물을 짓고 있다. 그래서 이제는 밭농사에 관한 직불금을 최소한 논농사 수준으로 주자는 방식으로 개편안이 올라갔다. 논밭 구분 없이(논과 밭을 통합해서) 심는 작물이나 가격에 상관없이 주는 통합형 지급방식이다. 이렇게 하는데 최소한 약 2조 4천억 원가량의 재원이 필요

하다. 부디 연내(2019년)에 국회에서 처리되기를 기대해
본다.

— 직불제는 농민에게 퍼주는 게 아니라, 농민과 소비
　자, 국가에 모두 좋은 우리의 미래입니다.

직불제의 미래에 관해 내가 누누이 강조해온 말이다.
우리는 이제 쌀 직불제는 기본이고, 여기에 가산형으로
공익적 활동형 직불금이 하나씩 장착되어야 한다. 예를
들어 친환경으로 농사를 지으면, 논농사를 무농약으로
하거나 우렁이를 넣어 제초제를 안 쓴다고 하면 이런
활동에 관해 우리는 '이분께는 물을 깨끗하게 한 활동
에 관해 보상해드립니다.'라면서 직불금을 줘야 한다.
그리고 그분은 그렇게 수확한 친환경 쌀을 일반 농협에
싸게 수매하는 거다. 만일 이 쌀을 지금처럼 친환경 쌀

이니 제값에 팔고자 하면, 잘 팔리면 좋겠지만 만일 팔 데가 없으면 싸게 팔 수밖에 없다. 일반미로 팔릴 수도 있다. 시장환경이 이러한데 정부가 친환경을 많이 권장하면 과잉이 되어 또 폭락한다. 그렇게 하지 말고 친환경 농사를 짓는 농민에게 활동비를 주자는 것이다. 대신 그 쌀은 일반 쌀값으로 팔자는 것이다. 그렇게 되면 소비자인 국민들은 싼값에 친환경 쌀을 먹게 되고, 농민들은 물과 환경을 깨끗이 보전할 수 있는 친환경 농사를 마음 놓고 짓게 된다.

그렇게 좋은 일을 실천하는 활동에 가산점을 주는 가산형으로 직불제를 바꿔나가야 한다. 누가 봐도 우리 농민들이 공익적 가치를 실현하게 정부도 그런 차원에서 지원해야 한다.

대한민국 농정의 근본방향이 각자 사는 경쟁형이 아니

라, 서로를 위하는 공익형으로 향하도록 해야 한다. 지금 우리는 농업의 공익적 가치에 관해서 사회적으로 합의하는, 역사적인 과정을 밟고 있다.

알면 알수록 하고 싶어지는 '순환농업'

축산분뇨 문제에 대한 미래의 대안

15

청와대에 들어오기 전 가졌던 다섯 가지 계획 중 '순환농업'이 있다. 앞서 이미 언급하였지만, 이에 대한 구축은 우리의 미래가 달린 중대한 사안이기에 조금 더 깊게 다루어본다. 처리 곤란한 축산분뇨를 거름으로 만들어 농가에 싸게 공급하고 여기서 나오는 사료작물로 가축을 키우며 자급률도 높이고 환경문제에도 도움을 주는 작물-축산-환경 간의 동그라미 선순환 구조를 구축하는 것이다.

경축순환농업 체계

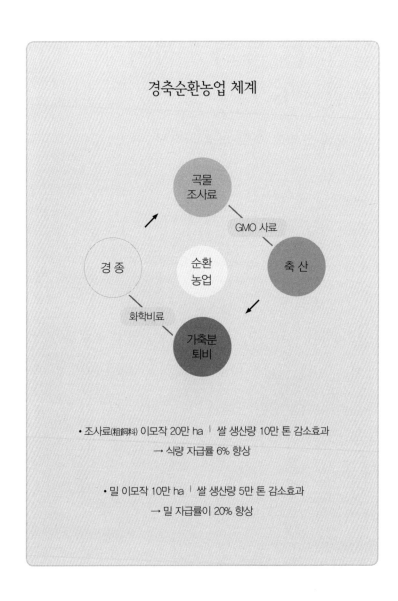

- 조사료(粗飼料) 이모작 20만 ha Ⅰ 쌀 생산량 10만 톤 감소효과
  → 식량 자급률 6% 향상

- 밀 이모작 10만 ha Ⅰ 쌀 생산량 5만 톤 감소효과
  → 밀 자급률이 20% 향상

전문용어로 '경(耕과)축(산의)순환농업'이라고 하는데 우리나라에서는 개념조차 막연할 만큼 갈 길이 먼 분야다. 그런데 막상 이 계획을 청와대에 들어와 타진해보니 못할 일이 아니었다.

우선 이 사업은 돈 걱정이 없다. 다른 사업은 돈이 없어서 못하는데 이 분야는 방법만 서면 돈은 문제가 되지 않는다. 해마다 엄청난 양으로 나오는 축산분뇨를 처리하기 위한 국가예산이 책정되지만, 축분처리를 하지 못해서 그 예산이 해마다 불용처리되고 있기 때문이다.

돈이 있어도 못쓰는 형편, 순환농업은 축분처리에 좋은 대안이 될 수 있기 때문에 준비만 잘하면 많은 지원을 받아가며 힘있게 추진할 수 있다.

정작 중요한 숙제는 다른 곳에 있었다. '민관 거버넌

스'라고 하는 지역 농민들과의 협력문제, 이게 제일 어렵고 중요한 숙제다.

순환농업을 하려면 정부 혼자 북 치고 장구 치는 식으로는 도무지 성과를 낼 수 없다. 그 지역에 사는 현장 농민들의 자발적인 협조가 무엇보다 중요한데 그 협조를 얻어내는데 시간도 필요하고 논의도 필요하다. 무엇보다 신뢰에 기반을 두어야 하기에 성공사례를 만들기 쉽지 않다. 그런 만큼 내가 여주와 양평에 돌아가면 꼭 해보고 싶은 게 바로 이 '순환농업'이었다.

— 농민 여러분, 시민 여러분, 시민단체 여러분! 지금도 많은 축산분뇨가 한강으로 버려지고 있어요. 우리가 눈 감고 있는 것이죠. 만약에 우리가 순환농업을 하지 않으면 현재도 미래도 계속해서 축산분뇨가 한강

으로 흘러들어 갈 겁니다. 그러니 더는 눈 감지 말고, 혐오시설이라고 외면하지 말고 적극 해결해 봅시다. 힘을 모아 한강을 깨끗하게 해봅시다.

나는 이렇게 외치면서 여주와 양평에 있는 민간단체들과 농민단체들, 축산단체들을 다 같이 모아 우리 지역의 순환농업 체계를 구축해보고 싶다. 우리 손으로 한강을 깨끗하게 하는 일이니만큼 환경부도 수계자금을 좀 지원해줄 필요가 있다. 우리는 한강을 깨끗하게 하려면 논을 깨끗하게 하고 축분과 순환농업 체계를 구축해야 한다. 이를 잘 준수하는 마을이나 논밭에는 인센티브를 줘서 그 사람들이 먼저 여기서 나오는 퇴비를 무료로 이용하도록 해야 한다. 그 퇴비를 뿌리는 농가에는 환경개선을 위한 활동비 명목으로 직불금을 주도록 제도화해야 한다.

이렇게 조직하고 제도를 개선하면 불용되던 예산도 제자리를 찾고 우리 국토는 깨끗하게 바뀌어나갈 것이다. 알면 알수록 꼭 한번 해보고 싶은 '순환농업'이다.

우리밀과
백남기 농민

한 알의 밀알이 땅에 떨어져…

16

TV 예능프로그램을 보는데 꽤 유명한 여성연예인이 자신의 새집을 친구들에게 보여주면서 이런 말을 한다.

— 음식이 하루 이틀만 지나도 금방 상하는데 이상하게도 빵은, 며칠이 지나도 그대로야. 그거 보면 좀 무섭더라.

많이들 공감할 거다. 썩지 않는 빵, 전문가들은 그 이유를 우선 '수입밀' 자체에서 찾고 있다. 수입밀가루를 사용하면 방부제를 굳이 사용하지 않아도 될 만큼 밀가루 자체에 농약과 방부제가 있어 곰팡이가 잘 생기지 않는다는 것이다.

미국이나 캐나다 등 기업형으로 밀농사를 짓는 곳에서는 비행기로 농약을 살포하는 등 농약과 화학비료를 대규모로 투입하는데, 그렇게 수확한 밀이 배를 타고 태평양을 건너 수입되는 동안 변질을 막기 위해 배 안에서 훈증처리(증기찜처리)를 하거나 방부제를 사용하기도 한다는 건 익히 알려진 사실이다.

내가 특히 심각하게 생각했던 건 2015년에 나온 우리나라 식약처(식품의약품안전처)의 검사결과였다. 식약처에서 수입밀을 검사해보니 '글리포세이트'라는 제초제 성분이 너무 많이 나오는 거다. 샘플로 32점을 조사했는데 여기서 30점이 쌀 제초제 기준(0.05ppm)을 넘어서고 있었다. 더구나 밀 제초제 기준은 5ppm으로 쌀과 비교하면 100배나 더 느슨했다.

이렇게 잔류량이 많이 나오는 데에는 이유가 있었다. 수확 직전에 제초제를 살포하기 때문이다. 미국 등의 기업농들은 밀 수확을 쉽게 하려고, 수확 후 건조작업의 부담을 덜기 위해 제초제(글리포세이트)를 밀 수확 바로 직전에 뿌린다. 그렇게 식물을 완전히 말라죽게 한 다음 밀을 수확한다. 그 밀을 우리가 빵으로 먹고 있는 것이다. 이러니 제초제가 잔류할 수밖에 없다.

전 세계적으로 안전성 논란이 계속됐다. 미국 캘리포니아 주는 2017년 7월부터 글리포세이트를 발암물질로 분류했고, 스리랑카는 아예 사용을 금지하고 있다. 유럽

연합에서도 논란이 분분하다. 이걸 우리 국민들이 아무 렇지도 않게 먹고 있다. 말이 안 되지 않는가. 반드시 바로 잡아야 할 부분이었다. 그래서 난 청와대에 가있는 동안 열심히 대안을 찾았는데 그게 바로 '우리밀의 육성'이다.

'우리밀'은 수입밀에 비해 훨씬 안전하다. 미국이나 캐나다 기업농들이 봄에 씨를 뿌려 가을에 수확하는 것과는 다르게 우리의 밀농사는 쌀농사가 끝난 뒤 추운 겨울철을 활용해 재배한다. 당연히 농약을 많이 칠 필요가 없다. 더구나 GMO 논란에서도 자유롭다. 이런 우리밀이 활성화한다면 자급률도 높아지고 무엇보다 식품안전성에도 기여하게 되는 셈이다.

문제는 이런 우리밀을 팔 데가 마땅치 않다는 것이다.

2016년 기준으로 우리밀 자급률은 1.8%이다. 밀 중에 98.2%가 수입산이라는 말이다. 수입밀과의 가격경쟁력에 밀려 가뜩이나 밀농사 짓는 사람도 적은데, 군대급식 납품이 중단되거나 품종별 수매관리에 어려움을 겪는 등의 문제가 겹쳤다. 그 통에 그나마 소신 있게 우리밀 농사를 짓던 분들도 수확한 밀을 팔지 못해 발을 동동 구르고 있었다. 더 이상 밀을 쌓아둘 데가 없어서 버려야 할 지경이라는 밀 농가들의 하소연이 곳곳에서 들려왔다.

— 밀은 제2의 주식입니다. 식량자급을 높이고 국민 건강권을 위해서라도 정부가 최소한의 물량을 확보하는 정책으로 가야 합니다. 전량수매가 필요합니다.

나는 밀 농가들의 숙원이던 '전량수매'를 추진했다. 또 우리밀 생산자 단체의 설립과 공공비축 밀의 운용, 우선

구매 등을 명시한 밀산업 육성법 제정을 도왔다. 우리밀의 전량수매와 함께 중단되었던 군대급식도 재개되었다.

아직 갈 길이 멀긴 하다. 어찌 보면 골리앗과 같은 수입밀에 맞서는 자급률 1%짜리 다윗의 안타까운 몸짓으로 보일 수도 있다. 그러나 우리밀만 생각하면 한 사람의 얼굴이 떠올라서 멈출 수가 없다.

'우리밀 농사꾼 백남기 님!'

그는 밀 수매제도마저 없어지며 모두가 밀농사를 포기하고 우리밀 종자마저 씨가 마르던 1989년, 우리밀을 지켜야 한다고 전국을 돌며 24kg의 밀 씨앗을 구해서 한 알 한 알 파종한 분이다. 이 땅에서 사라질 뻔한 밀을 다시 구해낸 것이다.

지난 2015년 경찰의 물대포에 맞아 쓰러지던 그날 아침에도 그는 밀밭에 씨를 뿌리고 서울로 올라왔다. 그리고 그는 다시 돌아오지 못했다. 주인을 잃은 그의 밀밭에는 동료 농민들이 써 붙인 추모 현수막이 바람에 흔들리고 있어 보는 이의 가슴을 아리게 한다.

'형님! 언능 일 나서 밀밭에서 막걸리 한잔하셔야죠.'

우리밀 육성법은 백남기 농민이 사고를 당하신 뒤 병원을 찾은 문재인 대통령과 생가를 찾은 김영록 전 농림부장관에 의해 발의되었다. 백남기 농민은 살아서는 우리밀의 씨앗을 뿌리고, 죽어서는 우리밀 육성법을 통해 우리밀을 지킨 셈이다. 한 알의 밀알이 되리라던 백남기 정신, 나는 그래서 어느 곳에서든 발표를 할 때면 꼭 백남기 농민의 얼굴과 밀밭 사진 위에 이 문구를 띄워놓고 마음을 다졌다.

'한 알의 밀알이 땅에 떨어져

죽지 아니하면 한 알 그대로 있고,

죽으면 많은 열매를 맺는다.'

"한 알의 밀알이 땅에 떨어져 죽지 아니하면
한 알 그대로 있고 죽으면 많은 열매를 맺느니라"

▲ 사라질 뻔한 밀을 다시 구해낸 '우리밀 농사꾼 백남기 님!'

쌀값회복에 관한
말 못할 시련들

쌀값이 미쳤다?

17

— 정치하는 놈들이 다 똑같지 뭐. 선거 때면 와서 손잡
고 다 해줄 것처럼 하다가 막상 당선되면 코빼기도
뵈지 않고….

우리 농민들이 자주 하는 말이다. 온 국민이 자주 하는
말이기도 하다. 그런데 이렇게 푸념만 해서는 바뀌지 않

는다. 그 와중에도 약속을 지키려고 노력이라도 하는 놈이 있고 노력조차 안 하고 쌩까는 놈이 있다면 그게 누군지 구분 지어 기억하고 투표에 반영해야 한다.

그래야 정치가 바뀌고 세상이 바뀐다. 쌀값에 관한 약속만 해도 그러하다.

'쌀값 21만 원을 보장하겠습니다.'

지난 2012년 대통령 선거 당시 박근혜 후보 측이 농촌 곳곳에 내걸었던 현수막이다. 쌀 80kg 기준 21만 원까지 보장하겠다는 약속을 농민들에게 한 것이다. 실제로 박근혜 후보는 '쌀값 현실화'를 공약으로 걸고 당선됐다. 당시 쌀값은 17만 원 선이었다.

농민들은 '아무리 정치인들 약속을 못 믿는다고 해도 설마, 저렇게까지 약속하는데 17만 원 선에서 더 떨어지겠나?' 생각했다. 그런데 더 떨어졌다. 쭉쭉 떨어져서 4년 뒤인 2016년에는 12만 원 선까지 갔다. 쌀값이 딱 20년 전 수준보다도 낮아졌다. 말이 안 나왔다. 할 말이 없어서가 아니라 기가 막혀 말이 나오지 않았다. 백남기 농민이 물대포를 맞은 날도 바로 그 쌀값폭락을 규탄하는 국민대회였다. 그 후 촛불의 힘으로 만들어진 문재인 정부는 선거 당시 이런 약속을 했다.

— 쌀 생산조정제 등으로 쌀값, 쌀 농업을 꼭 지키겠습니다.

한 마디로 20년 전으로 후퇴한 쌀값을 제자리로 돌리겠다는 약속이었다. 물가상승률을 감안해 쌀 목표가격을 인상하고 쌀생산을 조정하는 한편 쌀소비를 늘려 농민들의 쌀생산비를 꼭 보장하겠다는 약속이었다.

대통령은 이 약속을 지키려고 최선을 다했다. 농림축산식품부도 나도 대통령의 약속과 의지를 반드시 성과로 만들기 위해 노력했다. 잘 지켰든 못 지켰든 우리는 정말 지키려고 최선을 다했다.

그렇게 정부 취임 1년 만에 12만 원이던 쌀값이 19만 원 선으로 회복되었다. 농민들은 그동안의 물가상승률을 감안할 때 24만 원대는 되어야 한다고 했지만, 너무 한꺼번에 올라도 소비자에게 큰 부담이 될 수 있기에 그 정도 수준에서 차근차근 조정해 나가려는 게 정부방침이었다.

그런데 그렇게 약속을 지켜 가다 보니 욕을 먹기 시작했다. 정신이 없었다. 쌀값이 미쳤다느니 쌀값이 폭등했다는 기사들이 쏟아진 것이다.

— 쌀값 미친 듯이 오른 3가지 이유 (중앙일보, 2018.8.16.)
— 36% 급등한 쌀값 더 오를라. (연합뉴스, 2018.8.21.)

— 쌀값 60% 급등에도… 농민 눈치에 비축미 못 푼다.

(조선일보, 2018.11.20.)

기사들은 이렇게 비판했다. 대통령의 대선공약을 지키려고 정부가 쌀을 사들여서 쌀값이 폭등했다고. 약속(대선공약)을 지키려는 노력도 욕을 먹어야 할까? 그리고 폭등이라는 단어가 적절할까? 참으로 야박했다. 어쩌면 악랄한 건지도 모르겠다. 언론의 눈에는 20년 전 수준으로 폭락한 쌀값을 정상화시키려는 전후사정은 보이지 않는 것인가. 라면 1개에 800원, 밥 한 공기 쌀값은 240원인 물가현실도 안 보이는 건지, 오로지 떨어질 대로 떨어졌던 박근혜 정부 당시 쌀값과 지금 쌀값을 단순비교한 수치만 보여줬다. 이런 기사들이 쏟아지면서 시중에는 가짜뉴스까지 돌았다.

'문재인(대통령)이 북한에 쌀을 퍼줘서 정부 곳간이
비고 쌀값이 폭등한 거래.'

유튜브 등을 통해 유포되던 유언비어들이다. 당시 정
부는 북한에 쌀을 주지도 않았고, 정부 곳간에는 비축미
가 충분하게 차있을 때였다.

어쨌든 여론이 이렇게 잡히다 보니 청와대 내부에서는
쌀값을 잡아야 한다는 목소리가 힘을 얻게 되었다.

— 아직도 쌀값이 그대로네요. 이제 정부비축미를 풀어
야 하지 않겠습니까?

물가당국은 쌀값에 무척 예민하게 반응했다. 이해는
갔다. 왜냐하면, 정부출범 초기부터 최저임금이 올라가

고 노동시간도 단축되고 하면서 자영업자들이 상당히 어려움을 호소하고 있던 시기였으니까. 어떻게 해서든 물가만은 안정시키려 했다. 물가당국으로서는 당연한 입장이다. 그러나 농업을 하는 처지에서는 쌀값을 인위적으로 낮춰야 한다는 그 의견에 동의할 수는 없었다.

— 우리 농산물 가격이 너무 비싸니 좀 깎자고 하는 거라면 이해할 수 있겠지만, 쌀값은 그동안 엄청 나게 폭락해와서 농민들은 죽겠다고 하는데 여기 에 물가를 얘기하는 것은 좀….

나는 이렇게 이해를 구할 수밖에 없었다. 농림축산식 품부장관도 마찬가지로 쌀값이 어느 수준은 유지되도록 노력했다. 그러다 보니 정부 안에서는 '정부비축미를 풀 어 쌀값을 잡자.'라는 물가당국 대 '정부비축미를 풀면 안 된다.'라는 농업당국(농림축산식품부, 농어업비서관실) 간의 토론이 격렬하게 이뤄졌다. 이럴 때 논쟁을 끝낼 수 있는 사람은 딱 한 사람뿐이었다. 문재인 대통령이 당시 이렇게 정리했다.

— 자판기 커피 한 잔이 400원인데 그거에 비하면 쌀값이 사실 비싸다고 할 수는 없지 않겠습니까. 농민들 쌀값은 조금 더, 뭐 많이 올라가면 안 되겠지만, 안정적으로 유지될 필요가 있을 것 같습니다.

이렇게 대통령께서 한 말씀을 하시니까 조용해졌다. 그 격렬했던, 험악해지려고 하던 쌀값 논쟁이 방향을 잡고 정리되기 시작한 것이다.

나는 그때, 시스템으로 움직여진다는 민주주의 사회에

서도 왜 대통령의 철학과 식견이 중요하다고 하는지 절감할 수 있었다. 농업이라는 의제는 결국 대통령의 뜻과 의지에 의해 해법을 찾을 수밖에 없음을 알게 되었다. 그래서 대선공약 사항이던 대통령 직속 농업자문기구(농특위)의 신설이 무척이나 중요하고 절실한 사안임을 다시 한 번 느끼게 되었다.

'쌀값이 더이상 오르면 좀⋯.'

논쟁은 일단락됐지만, 솔직히 불안했다. 쌀값이 19만 원대에서 더 올라가면 여론은 더욱 악화하고 물가당국의 목소리는 더 힘을 받는 상황이었기 때문이다. 당시 나는 쌀값동향을 파악해 보고를 하는 업무도 하고 있었는데 그때가 제일 괴로웠다.

쌀값은 한 달에 세 번 측정된다. 매달 5일과 15일, 그리고 25일. 청와대는 늘 그 수치를 보고 있는데, 매달 5일만 되면 죽겠는 거다.

쌀값은 계속 올라가고 서류보고는 해야 하고···. 쌀값을 안정시키려면 쌀을 풀어야 하는데 그렇게 풀면 수확기를 맞은 농민들이 다치게 된다. 그래서 이러지도 저러지도 못한 채 또 위에다 쌀값을 보고해야 하는 그런 상황이었다.

하루하루가 고통스러운 시간이었지만 뭐 어쩌겠는가. 달리 방법이 없다면 버티는 수밖에 없었다. 버텼다. 그러다 보니 운도 따랐는지 쌀값은 더는 오르지도 않고 떨어지는 일도 없이 간신히 그 선에서 유지됐다. 말 못할 시련의 순간이었다.

대통령과의 모내기

중대한 결심을 하다

18

청와대에 들어와서 봄, 여름, 가을, 겨울, 그리고 다시 봄, 이렇게 사계절을 모두 겪을 무렵, 나는 중대한 결심을 했다.

'다시 여주, 양평으로….'

청와대 비서관직을 그만두고 돌아가기로 마음을 굳힌 것이다. 일이 힘들어서가 아니다. 이 일을 하면서 생겨난 새로운 꿈에 도전하려면 그때가 적기였기 때문이다.

'대통령이 여러 가지 정책을 펼치지만 제일 중요한 것은 정치, 즉 선거에서 좋은 결과를 내는 것이 아닐까?'

이런 생각을 하게 된 이유는 내가 사는 여주와 양평 지역 같은 경우 그동안 선거에서 이기기 굉장히 어려운 지역으로 평가를 받고 있었기 때문이다. 5선 의원도 야당 쪽에 있었고 전통적으로 자유한국당이 센 곳이다. 반면 여당은 좀 약한 상태였다.

그러니 여기 나가서 힘을 좀 보태보는 것이 어떨까 생각했다. 어찌 보면 국회의원 하나 되찾아오는 것은 삼국지로 보면 성을 하나 되찾아오는 것이고, 그 성을 되찾아오는 것이 문재인 정부의 성공을 기원하는 것이기도 하다.

그런 면에서 나는 선거출마를 진지하게 고민했다. 그렇다면 남은 것은 현재 하고 있는 청와대 업무의 완수였는데….

'농특위, 마침내 출범'

내가 마지막 과제로 힘을 쏟았던 농특위, 즉 대통령 직속 농어업·농어촌특별위원회가 마침내 2019년 4월 25일에 출범하면서 한시름 덜게 됐다.

대통령 직속 특별기구인 농특위는 공익형 직불제나 공공급식, 또는 농지제도 등 정말 중요하지만 복잡미묘한 농업현안들을 대통령께 직접 보고하고 처리하는 기구다. 그런 중대사안들을 농림축산식품부가 도맡아 처리하기에는 아무래도 정부부처 내에서 힘이 달리는 게 사실이기 때문이다.

그래서 대통령 직속기구인 농특위를 통해 주요현안을 처리하는 게 중요한 과제였는데 마침 그 기구가 만들어진 것이다. 이렇게 되면 내가 청와대에서 해왔던 상당 부분은 농특위를 통해 처리될 것이다.

그렇다면 나는 그동안 잡아놓았던 핵심 가닥들을 국회로 가서 법으로 발의하는 것이 필요하겠다는 생각이 들었다. 선거와는 별개로 지역에서 꼭 한번 꽃피워보고 싶었던 꿈들, 경축순환농업과 환경개선 직불제, 친환경 직불제 등을 실현해보고 싶은 욕심도 있었다.

그렇게 청와대 비서관직을 내려놓기로 결심했다. 그런데 하필 마지막 근무하는 날이 문재인 대통령이 농촌현장을 방문해 직접 모내기를 하는 날이었다.

— 모내기를 한번 갑시다.

— 예?

— 현장에 가서 우리 농민들과 막걸리 한잔하면서 위로
  좀 드리고 싶습니다.

— 알겠습니다. 대통령님.

상당히 이례적인 일이었다. 대통령 일정에서 모내기
는 고려되던 게 아니었는데 대통령께서 모내기를 가고
싶다고, 농민들을 위로해야겠다고 해서 경북 경주시 안
강읍 옥산마을의 모내기 현장에 가게 된 것이다. 2019년
5월 24일. 그날이 나로서는 근무 마지막 날이었는데 대
통령과 모내기를 하고 농민들과 막걸리 한잔 마시며 모
든 일정을 마무리 지을 수 있어 너무 기분이 좋았다. 대
통령도 그날 기분이 좋아 보였다. 모내기하러 이동하는
도중에 젊은 부부에게 푸근한 미소로 대화를 나눴다.

— 오늘 제가 오는 바람에 (일부러) 낮시간에 농사일을
  하는 거 아닌가요?

— 아닙니다. 6월 15일까지는 (낮에도) 합니다.

— 소득이 어떻게 되나요? 연간소득은 영업비밀인
  가요?

— (아내) 기계값이 너무 비쌉니다.

— (남편) 한 1억 정도는 (합니다.)

기계값이 너무 비싸다는 여성농민의 말을 들은 대통
령은 수행하던 농림축산식품부 관계자에게 농기구 대금
이 비싼 것이냐고 물으며 그런 부분을 좀 신경 써달라고
강조했다.

대통령은 모내기를 마치고 농민들과 새참을 함께했는
데 차려진 걸 보니 막걸리에 잔치국수와 편육, 겉절이 김
치와 두부 등 대통령이 왔다고 해서 특별할 게 없는 농민

들의 일상이었다.

— 오늘 모내기에 같이 동참하게 돼서 아주 기쁩니다.
오늘 보니 올 한해는 정말 대풍이 될 것 같습니다.

막걸릿잔을 든 대통령은 풍년을 기원하며 속에 담아둔
이야기를 꺼냈다.

— 우리 농민들은 대풍이 된다고 해서 꼭 기쁘기만 한
것은 아니죠. 과잉생산 되면 그 바람에 가격이 하락
하는 아픔을 겪게 되고….

그 말에 많은 농민들이 고개를 끄덕거렸다.

— 그래도 우리 정부 들어서는 재작년부터 2년 연속, 수

요를 초과하는 생산량들은 다 시장격리 조치를 취해
서 쌀값을 상당히 올렸습니다. 그 점은 인정하시죠?
— 네.

농민들은 큰 박수소리로 대통령의 말에 화답했다.

— 채소농사나 밭농사하시는 분들 소득도 많이 늘었습
니다. 앞으로 직불제가 개편되면 밭농사하시는 분들
의 소득도 훨씬 더 높아질 것으로 생각합니다. 농촌
에 문화시설이나 교육시설도 좋아져야 하는 등 부
족한 점이 많지만, 농가소득을 꾸준하게 높여나가는
데 최선을 다하겠습니다.

짝짝짝…. 박수소리가 이어지는 가운데 모두가 대통령
과 함께 손에 든 막걸릿잔을 주욱 들이켰다. 나도 들이켰다. 그 순간이 정말 자랑스러웠다.

쌀값부터 밭농사 직불제까지 주요현안들을 아주 짧지만, 너무 쉽게 요약한 대통령의 발언은 누가 써준 게 아니다. 대통령 본인이 평소에 우리가 보고해 올리는 모든 서류를 첫 장부터 끝 장까지 모조리 꼼꼼하게 읽은 뒤 모르거나 이해가 안 되는 부분은 질문과 토론을 통해 완전히 자신의 정책으로 소화해온 결과물들이다.

'쌀값폭등'이라는 여론의 질타를 맞아가면서도 농민과 잡은 손을 끝내 놓지 않고 묵묵히 공약을 실천해나가는 상남자만이 건넬 수 있는 말들이었다.

내가 이런 대통령과 1년간 한솥밥을 먹으며 일했다니…. 그래서 나의 마지막 근무일은 정말 특별했다.

정치인의 아내

그래서 더 미안했다

19

역시, 아내가 제일 아쉬워했다. 그 안정적인 공무원 생활을 그리도 빨리 마치고, 이제 기약 없는 정치인의 세계에 뛰어들겠다니…. 그런 내 결정을 아내는 받아들이기 힘겨워했다. 나 또한 미안한 마음에 한동안 말을 못하다가 이렇게 말했다.

—이제까지 살아온 거를 보니까 내가 운이 굉장히 좋 았더라고, 늘…. 청와대에 들어갈 때도 행정관으로 열심히 일하겠다고 했는데 비서관을 시켜줬고. 지 금도 사람들 하는 말이 여주나 양평 지역 정치구도 가 앞으로 나오기 굉장히 힘든 절묘한 구도라고…. 그리고 정치라는 게 내가 보니까 청와대 비서관이 사실은 정치인이더라고…. 처음에 나는 그런 생각 을 못 했고 공무원이 됐다고 생각했는데 그건 착각 이었어. 바로 대통령과 함께 운명을 같이 하는 사람 이고 대통령을 도와서 그가 성공하는 대통령이 되 도록 하려면 한 석이라도 뺏어갈 수 있는 일꾼이 돼 야겠구나….

그걸 나 스스로 자각했기에 여보, 힘들지만 나는 그 길을 가야 할 것 같아.

아내는 늘 내 편이었다. 내가 어떤 결정을 해도 결국은 믿고 따라주었고 그에 따른 부담까지 말없이 짊어져 왔다. 이번에도 아내는 내 말을 믿고 따라줄 거라는 걸 나는 잘 알고 있었다. 그래서 더 미안했고, 더 잘 살아야겠다며 마음의 끈을 단단히 조여 맸다.

역지사지

세상이 달라 보이고 사람들이 달라 보였다

20

— 저 돌아와서 인사드리러 왔습니다.

— 아이고…. 좀 아쉽긴 허네….

돌아와서는 지역 주민들께 인사드리는 시간이 대부분이었는데, 다들 아쉬워하셨다.

― 청와대에 간 것도 장하지만, 우리 농업을 개혁하는
   길에 좀 더 있어줬으면 했는데….

이런 아쉬움을 접하다 보니 한편으로 미안한 마음이
들었다. 그런 만큼 마음의 결정을 하고 돌아온 이유에 대
해 솔직히 털어놓는 게 도리라고 생각했다.

― 제가 고민을 많이 해봤는데, 청와대 비서관이라는
   게 공무원이라면 거기 붙어서 열심히 하는 것이 일
   이었겠지만 그것도 하나의 정치인이라면 이게 외통
   수랄까.
   힘들지만 반드시 넘어야 할 산이라는….
   농정을 근본적으로 개혁하고자 하는 길을 꿋꿋하게
   가자면 힘들지만, 이 산을 반드시 넘어야 한다는 걸
   깨닫게 돼서, 그래서 지금 시기가 오히려 적절하고

제가 뛰어들어서 꼭 해내야 할 시기라는 판단을 하
게 됐습니다.

이렇게 말씀을 드렸더니 농민회 분들과 지역 농민들
께서는 이해를 해주셨다. 또 어떤 분들은 잘 됐다고 말한
다. 왜냐하면, 지역 일을 할 수 있으니까 여주 입장에선
잘된 거라고 반겨주기도 하셨다.

— 선거 때마다 찍을 사람이 없어서 고민이었는데, 어
  쨌든 우리 지역에 변화를 한번 만들어 보자고.
— 혹시라도 이번 선거에 실패하더라도 어디 떠나거나
  그러며 안 되는 거여. 지역에서 함께 끝까지 변화를
  위해 나서 보자고.

많은 사람이 흔쾌히 받아주었고 또 이런 힘이 있었기

에 나도 새로운 도전을 결심할 수 있었다. 출마를 결심하고 나니 달라지는 게 있었다. 예전에 그렇게나 많이 했던 정치인 욕을 이제는 안 하게 된 거다.

'정치를 한다는 것은 주민들을 대표한다는 것이다.'

이렇게 마음을 먹고 나니 세상이 달라 보이고 사람들이 달라 보였다. 예전에는 누가 명함을 주면 지금처럼 자세히 본 적이 없었다. 휙 던져버리거나 그런 사람이 있나 보다 했는데, 지금은 명함을 받으면 잘 간직하게 되고, 다음 날 아침에 그 명함을 입력하게 된다.

그리고는 '어제 만나 뵙게 돼서 반가웠습니다.'라고 메시지를 보내면서 한 사람 한 사람에 대해 생각하게 된다.

사람의 마음을 얻는다는 것…. 그래서 내가 우습게 알았던 정치인들이 아님을 깨닫게 된다.

— 정치는 결국 사람을 대표하는 것이고 주민을 대표하는 것이지 과거에 내가 생각했던 어떤 것만을 주장하는 것이 아니다. 많은 사람의 요구를 담아내고 또 많은 사람을 대표하는 사람으로서의 내 역할을 다 해야 하는, 그런 책임이 주어지는 자리 아닐까?

이처럼 처지를 바꿔놓고 봤더니, 역지사지(易地思之)해 봤더니 사람들에 관한 새로운 관점을 배우게 된다.

좋아하는 것만 하고, 만나고 싶은 사람만 만났을 내가 지금은 우리 지역민이라면 누구나 소중히 보게 되고 기억하려고 애를 쓴다. 이 또한 앞으로 살아가는 과정에서 또 하나의 자산이 되지 않을까.

강을 살리는
여주형 일자리

여주의 특성을 살려 '친환경 식품산업'의 거점으로

21

— 우리 지역을 어떻게 발전시키고 싶으신가요?

사람들이 가장 궁금해하는 이 질문에 관해 만일 '이
지긋지긋한 수도권 규제를 푸는 데 앞장서겠다.'라고 답
한다면 그는 무책임한 사람일 것이다.

　아무리 여주·양평이 규제에 묶여있다고 해도 여주와

양평을 흐르고 있는 한강은 2,500만 수도권 시민의 식수인데 이런 곳에 무턱대고 규제를 풀어 공장을 유치하겠다는 발상을 누가 허용할 것인가?

그렇다고 해서 규제에 순응해 아무 일도 하지 않겠다는 것 또한 무책임한 일이다. 지역이 활력을 찾으려면 일자리가 만들어져야 하고, 일자리창출은 지역의 특성을 정확하게 반영한 투자요소의 개발과 유치노력을 통해 이루어져야 하기 때문이다. 나는 이렇게 말씀드린다.

— 여주는 제가 오랫동안 살아왔고 생활해 왔는데, 저는 특히 농업부분에서 여주에 '유기(농)가공식품 클러스터'라는 걸 만들고 싶어요.

한마디로 여주를 친환경 식품산업의 거점으로 만들어가겠다는 구상이다. 내가 청와대에서 일하면서 느낀 점은, 대부분 산업이 대체로 쇠퇴해가는데 유독 식품산업만은 성장하고 있음을 확인할 수 있었다.

누구나 먹지 않고는 살 수 없기에 식품산업은 지속가능하고 미래전망도 밝은 산업이다. 이러한 식품산업을 여주와 양평의 특성에 맞도록 유치하겠다는 것이다.

여주나 양평은 항상 수도권 규제 때문에 이렇다 할 산업을 할 수 없는 조건이었다. 여기서 할 수 있는 것은 친환경, 생태환경 이것을 이용한 산업들이다. 일반적인 식품산업이 아니라 친환경 유기농산물을 가공해 부가가치를 높여내는 '유기가공식품'의 클러스터를 만들어 낸다면 친환경농업 발전에도 기여하고 지역의 청정한 이미지도 높여낼 수 있다.

구체적으로 '한살림'이라는 유서 깊은 친환경 생활협

동조합이 유기가공단지를 조성하고 싶어한다. 그래서 나는 '여주로 오라.'라고 설득하고 있다. 여주는 교통 면에서도 수도권에서 굉장히 가깝고 친환경농업을 하기에 더없이 좋다. 이미 여주에는 '한살림'의 생산자 조직이 있기 때문에 더 그러하다.

여주가 만일 앞서 강조해온 순환형농업을 통해 강을 살리는 친환경 방식으로 농산물 생산이 이루어지고, 농산물 가공과 유통이 한살림처럼 신뢰를 받는 조직이 중심이 되어 유기가공클러스터를 통해 부가가치를 높이는 지역으로 거듭난다면? 이중삼중으로 규제를 받던 지역이 친환경 일자리를 창출하면서 잘하면 머지않아 수출까지 일궈내는 새 사례로 기록되지 않을까? 그 사례는 '여주형 일자리'로 기록될 것이다.

전국에서 자전거 타기
가장 좋은 곳

생태관광지역으로의 구상

22

여주는 강이 아주 좋다. 혹시 시원한 강바람이 불어오는 여주 강변에서 자전거를 타본 적이 있는가? 자전거를 워낙 좋아하는 나는 틈나는 대로 여주 강변에서 자전거를 타왔다. 타다 보면 전국에서 여주만큼 자전거 타기 좋은 곳이 없다. 언덕이 없기 때문이다. 강바람을 쐬며 평탄하고 완만한 경사를 계속 즐길 수 있다.

문제는 4대강 공사를 하며 만든 자전거 도로에 있다. 자전거를 타는 사람 처지에서 편리한 자전거 도로를 만들어야 하는데, 건설업자 처지에서 편리한 자전거 고속도로를 만들어 버린 것이다. 중간마다 빠져나갈 곳이 있어야 하는데 그런 곳이 마땅치 않다. 정작 일상생활에서 자전거를 즐기기 어렵게 설계된 것이다.

진짜 자전거 도로라면 우리 아이들이 자전거를 타고 학교에 갈 수 있어야 하고 주부들이 자전거를 타고 장도 보러 다닐 수 있어야 하지 않을까. 나는 그래서 생활공약으로 이런 구상을 말씀드리곤 한다.

— 생활하면서 자전거를 탈 수 있는 곳으로 만들고 싶습니다. 지금 있는 자전거 고속도로에 톨게이트도 만들고 인터체인지도 만들고, 그래서 기존 인프라와 새로운 인프라를 잘 연결해 소소한 일상 속에 즐겁

게 자전거를 탈 수 있는 곳으로….

실제로 이 도로 근처에는 8km에 달하는 순환도로가 있다. 이곳은 장애인사이클의 성지다. 국가대표 선수들도 훈련을 온다. 차가 다니지 않는 강변순환도로는 여주를 자전거 천국으로 만들기에 충분한 소재가 된다. 장애인들을 위한 자전거 보관소와 휴게실, 화장실을 갖추면 세계대회를 치르기에도 손색이 없다. 사람들에게 알려져 있지 않은 자원을 발굴해서 새로운 생태산업을 만들 수 있다.

그런데 여기서 한발 더 나아가면 또 다른 일자리창출의 밑그림이 그려지게 된다. 바로 강 옆에 울창한 숲이 조성돼 시원한 나무그늘과 함께 깨끗한 물을 만날 수 있는 '생태관광지역'으로의 구상이다.

― 강변 숲을 조성해서 아이들과 말이 뛰어노는 생태관
  광지역을 만들고 싶습니다.

여주를 흐르고 있는 남한강의 길이는 약 40km 정도 된
다. 정말 긴 구간이다. 보가 세 개나 있는데 이런 곳이 또
없다. 한 지자체에 보가 세 개나 있을 만큼 넓은 강이 길
게 펼쳐져 있는 곳이 여주다. 과거에는 이 강이 문명의 발
상지였다. 그러나 지금 여주 사람들에게 강은 애물단지처
럼 되어 있다. 개발하는 데 장애물 정도로 여겨지고 있으
니 말이다. 이렇게 좋은 강을 애물단지가 아니라 정말 가
치 있는 강으로 만들 수는 없는지 고민해봤는데, 바로 여
주 강변에 숲을 조성하는 프로젝트가 바로 그것이다.

  '팔대장림(八大長林) - 여주 북내면 오학리 강변의
   아름답고 무성한 숲이 남한강에 그림자를 비췄다

는, 지금은 찾아볼 수 없는 역사 속의 숲'

여주의 강변 숲은 전국적으로도 이름을 떨치던 절경이
었다. 세종대왕의 적손인 8대군의 번영을 기원하는 의미
로 팔대장림(八大長林)이라 불리며 세종대왕이 쉬어가기
도 한 '세종의 숲'이기도 하다. 그런 숲이 지금은 다 없어
졌다.

제대로 강변 숲을 복원해 볼 수 없을까, 고민해보다 환
경부에 알아봤다. 여주는 환경부 승인이 없으면 나무 한
그루도 제대로 심을 수 없는 곳이기에 그랬는데, 환경부
관계자의 답변이 걸작이다.

— 나무 심고 물을 깨끗이 한다는데 누가 반대하겠
    습니까?

원칙만 지킨다면 오히려 환경부가 보유한 수계자금까지 활용해서 적극적으로 강변 숲을 조성할 수 있지 않을까 생각한다.

숲을 조성하면 장점이 참 많다. 우선 사람들에게는 시원한 나무그늘을 제공해서 강변을 거니는 힐링공간을 마련해줄 수가 있다. 보통 강변에 조성되는 정원이나 공원들은 큰물이 들면 훼손되는 경우가 많다. 숲에는 큰물이 들어도 나무가 죽는 것은 아니기에 숲을 조성하면 강변에 좋은 정원이나 좋은 공원을 안정적으로 조성하는 효과를 기대할 수 있다. 더구나 이런 곳에 말을 뛰어놀게 하면 어떨까?

'검은 말이 뛰어놀던 곳, 여주'

농어업비서관을 하면서 알게 된 건데, '여주'의 '여' 자가 말(馬) '여' 자이다. '검은 말', 말이 뛰어놀던 곳이 여주였다.

이 전통을 복원해 강변 숲을 조성하고 여기에 말이 뛰어다니도록 한다면, 아이들도 함께 뛰어노는 숲속 놀이터가 될 것이다. 누구나 걷고 싶고 강변에 쉽게 접근해 쉴 수도 있고 때로는 말을 타고 뛰어놀 수도 있다. 강은 숲을 살찌우고 숲은 강을 맑게 하는, 그런 미래를 그려본다.

여주라고 하는, 지금은 숱한 둔턱(고수부지)만 있고 아무것도 그려져 있지 않은 이 공간에 환경과 생태를 주제로 하는 그림을 그려 새로운 가능성이 있는 새로운 공간으로 디자인해보고 싶은 마음이 간절하다. ˉ

백 년 숲을 가꾸는 양평형 일자리

양평은 산이 너무 좋다

23

여주에 사는 내가 양평을 오갈 때마다 정말 부러웠던 게 있다. 바로 산이다. 양평은 산이 너무나 좋다. 양평군 전체면적의 약 73%가 산림인데, 숲이 좋을 뿐만 아니라 목재를 옮기는 '임도' 역시 잘 조성되어 있다. 휴양림도 몇 개씩 된다.

이런 숲을 잘만 관리한다면 바로 여기서 지속가능한

일자리들이 넉넉하게 만들어질 것 같다. 바로 양평형 '산림산업 클러스터'의 꿈이다.

— 잘 키운 나무 한 그루는 벤츠 한 대 값입니다.

청와대 시절 만났던 산림전문가들의 말이다. 흔히 독일의 숲을 '백 년 숲'이라고 한다. 100년 앞을 내다보고 숲을 가꿨다 해서 백 년 숲인데, 그만큼 간벌을 체계적으로 잘해준다는 말이다.

처음부터 이건 올해 벨 나무들, 저건 내년에 벨 나무들, 저 뒤에 있는 것은 5년 뒤에 벨 나무들, 이런 식으로 설계하고 간벌을 해서 잘 키우면 백 년 숲이 된다.

이렇게 잘 키운 나무 한 그루가 벤츠 한 대 값이라는 거다. 놀랍지 않은가. 조성하는 데 시간이 걸려서 그렇지 한번 조성하면 고부가가치 열매들이 매년 지속해서 나온다는 말이다.

더 놀라운 것은 일자리였다. 독일의 백 년 숲에서 나오는 일자리가 그 유명한 독일 자동차산업의 일자리보다 많더라는 것이다.

'독일의 자동차산업 일자리는 70만 개, 산림산업 일
    자리는 110만 개'

아니 어떻게 숲에서 나오는 일자리가 벤츠나 아우디, 폴크스바겐 등 세계적인 명차를 만드는 자동차 회사의 일자리보다 많을 수 있을까. 신기해서 살펴봤다. 그랬더니 숲에서 나오는 일자리는 정말 다양했다.

임도를 닦고 벌채와 간벌을 하는 많은 일손은 기본 중의 기본이고, 목재를 가공하는 산업인력 또한 많았다.

하지만 숲을 체계적으로 설계하고 관리하고 교육하는

전문인력들의 활약이 눈에 띄었다. 또 숲의 다양한 혜택을 국민에게 힐링공간으로, 복지서비스로 활용하는 인력들이 정말 많았다.

숲체험 해설이나 숲명상을 통한 산림치유 전문가, 자연휴양림 관리나 수목원 육성 등의 사회적 서비스 직종들이 그것이다. 숲을 치유의 공간으로 보고 여기에 교육과 문화를 결합해 새로운 일자리를 계속 만들었던 것이다.

산불감시와 같은 재난재해 관리뿐 아니라 양묘장 사업이나 임산물 가공 및 수출 등의 지역산업 일자리, 등산로 관리나 산림코디네이터, 목공 창업, 임산물 통계조사 등의 전문직종까지 숲속에는 청년과 노인, 여성들이 각자의 처지에 맞는 풀타임 직업부터 파트타임 직업까지 다양한 일자리가 숨어 있었다.

'문제는 숲을 어떻게 가꿔나가는가에 달려 있다.'

우리나라는 산림면적 면에서 결코 적은 게 아니다. 남북한 산림의 면적을 합치면 독일의 산림면적과 비슷하다. 그런데 독일 산림에서 110만 개의 일자리가 나오는 반면 우리나라는 독일식으로 계산하면 전국에 6만 개가 채 되지 않는다. 그 차이는 뭘까? 바로 숲을 바라보는 관점의 차이였다.

그동안 우리나라는 나무를 수입해서 쓸 생각만 했지 관리하고 키워서 활용할 생각은 엄두도 내지 못했다. 단적으로 동해안에 인접한 강원도에서 나무를 베면 이 나무가 서해안인 인천항까지 가서 가공되고 있다. 굉장히 비효율적인 상황이 아닌가.

그런데도 인천까지 가야 하는 이유는, 그동안의 목재

산업이 외국에서 들여오는 수입목재를 가져다 인천항에서 가공해 전국으로 뿌리는 구조였기 때문이다. 국내산 목재를 대규모로 가공하려는 계획 자체가 없었던 것이다.

이제는 우리 숲도 백 년 숲으로 가꿀 계획을 세우고 준비를 해야 한다. 강원도에서 벤 나무를 인천항까지 가져갈 게 아니라 양평의 산림클러스터에서 가공해 전국에 뿌릴 채비를 해야 하지 않을까? 우리에게는 지난 50년간 열심히 심은 나무들이 있기 때문이다. 이걸 독일 같은 백 년 숲으로 가꿔내느냐 아니면 개도 들어갈 수 없는 원시림처럼 내버려두느냐는 앞으로의 50년에 달려있다는 게 전문가들의 지적이다.

— 백 년 숲을 가꾸려면 간벌(솎아내기)을 잘 해줘야 해요. 더 늦어지면 산에 수풀만 가득해지면서 산불만

나는 거죠. 나무끼리 경쟁해서 자라지도 못하고….

내가 양평을 주목하는 것은 그나마 우리나라에서 가장 임도가 잘 닦여진 곳이 양평이기 때문이다. 숲을 체계적으로 관리해나갈 인프라가 이미 갖춰져 있다는 말이다. 더구나 국유림이 많아서 관리하기도 쉽다.

나무가 다 자랄 때까지 백 년을 어떻게 기다리느냐는 질문도 나오는데 숲이 참 고마운 게 산림산업은 해마다 3%씩 꼬박꼬박 성장한다는 것이다. 이 저성장시대에 우리가 농협에 돈을 넣어둬도 1.9% 이자밖에 생기지 않는다. 그런데 산림은 매년 3%씩 성장하고 있다.

'향후 10년간 임업의 고용성장률은 4.8%로, 전체평균의 5배 (2012. 고용노동부)'

전 국토의 산림을 체계적으로 잘 가꿔나가면 거기서 나오게 될 일자리가 얼추 계산해봐도 30만 개가량이다. 이러한 시도를 양평에서 먼저 해보면 어떨까.

양평의 숲을 독일 같은 백 년 숲으로 잘 가꾸고 임도를 잘 가꿔서 사람들이 2박 3일 걸어 다닐 수 있는 둘레길로도 만드는 것이다. 숲의 간벌(나무솎기)을 하면서 나오는 간벌목재들도 재활용해 수익을 올릴 수 있다.

간벌재들은 예전에는 쓸데없다며 전부 산에 버리고 왔는데 요즘에는 산에서 나오는 바이오매스라고 해서 화력발전소나 재생에너지의 공급연료로 활용할 수 있다. 양평은 6만 5천 ha 정도의 산림이 있는데 이걸 잘 관리하면 최소한 1천 개의 일자리가 나올 수 있다.

1개 면에서 약 100명 정도의 신규 일자리가 창출된다는 것은 시골생활, 혹은 전원생활을 즐기는 데 있어 대단히 소중한 행복요소가 된다.

숲가꾸기를 통해 양평 전체가 명실상부한 수도권 주민의 산림휴양도시로 거듭날 수 있다.

양평에 산림산업 클러스터가 들어서서 동해안에서 베어져 나온 나무들이 멀리 인천항까지 가지 않고 양평에서 가공돼 전국으로 뿌려지도록 하는 프로젝트가 바로 농촌형 일자리이자 산림형 일자리인 '양평형 일자리'의 꿈이다.

농림어업이야말로
떠오르는 분야

실제로 여주와 양평에서 보여주고 싶다

24

청와대에 있을 때 산업전반을 두루 살펴보니 참 신기한 것이 있었다. 요즘처럼 일자리가 계속 무너져내리는 4차산업 시대에도 그나마 일자리를 버티는 분야가 바로 농림어업 분야였다.

어떤 사람들은 일자리정책이 실패한 정책이 아니냐고 말하지만 나는 그렇게 생각하지 않는다. 농림어업이야말로 새롭게 떠오르는 일자리창출 분야다. 농촌과 산촌, 어촌에 작은 법인들이 많이 생겨나고 있다. 영농조합법인이나 작목반 같은 것들이다. 시골이 그나마 지금 경쟁력을 갖추기에 더 좋다고 판단한 거다.

특히 재생에너지 쪽은 농촌이 훨씬 유리하다. 태양에너지나 풍력에너지, 목재 바이오매스, 축분 바이오매스 등 이런 친환경 재생에너지를 생산하려면 농촌이 도시보다 훨씬 더 유리하다. 그 때문에 나는 농어업 분야가 떠오르는 일자리창출 산업이라고 본다.

실제로 여주와 양평에서 보여주고 싶다. 농업이 어떻게 친환경에너지 생산과 결합하고 산림 생태환경을 이용한 산업과 연계하여 행복한 일자리를 계속 창출해나가는지, 꼭 그 희망찬 사례들을 함께 만들고 싶다.

새로운 희망

문 대통령은 어떤 사람입니까?

25

10년이면 강산이 바뀐다는데, 요즘 같은 5G 시대에는 불과 1년 만에 강산이 바뀌는 것 같다. 정치환경도 마찬가지다. 내가 청와대 비서관으로 처음 출근할 당시만 해도 대통령 지지율은 70%에 육박했다.

그러던 지지율이 내가 청와대에서 나와 출마를 준비할 무렵엔 딱 50%가 되더니 조국 장관 국면을 거치며 45%

가 됐다. 사실 이 정도만으로도 대단한 지지율이다.

집권 3년 차에 접어든 역대 어느 대통령이 이 정도 지지를 받았던가. 그러나 큰 선거를 치러야 하는 나로서는 여간 불안한 수치가 아닐 수 없다. 지역에서 새로운 사람들과 대화를 나눌 때면 꼭 이런 질문을 만나게 된다.

― 청와대에서 일하셨군요. 문 대통령은 어떤 사람입
    니까?

뭔가 하고 싶은 얘기가 많아 보이는, 의심 가득한 눈빛 앞에 나는 그저 내가 본 그대로 말씀드린다.

― 제가 직접 본 바로는, 대통령은 정말 훌륭하신 분입
    니다.
― … 뭐가 그렇게 훌륭하던가요?

― 서류를 다 읽어요. 그래서 비서관들이 깜짝 놀라요. '저걸 어떻게 다 보고 왔나. 그 바쁜 대통령이⋯.' 우리도 뒷장은 잘 안 보잖아요. 앞장만 보고⋯. 그런데 대통령은 뒷장까지 다 보는 것 같아요.

왜냐하면, 질문이 날카롭거든요. 그래서 비서관들이 들어가면 많이 깨집니다. 그래서 들어갈 때마다 긴장을 많이 하는데, 그래서인지 대통령께서는 늘 푸근하게 말씀을 해주시죠.

그러면 말없이 고개를 끄덕인다. 어떤 가공도 없이 내가 보고 느낀 걸 그대로 이야기했기 때문이다. 그분들께 이야기하지 못하는 대통령과의 일화도 있다. 청와대를 나가게 됐다며 마지막으로 인사드리러 간 날, 대통령께서는 사진도 같이 찍어주시고 차 한잔 마시며 이런저런 이야기를 해주셨다.

지역으로 돌아가서 가장 해보고 싶은 일이 뭐냐고 물으시길래 나는 '숲일자리 이야기'를 신나게 말씀드렸다. 산림이 굉장히 가능성이 있고 특히 양평지역의 숲에 관해 여러 가지 비전을 말씀드렸더니 대통령께서는 가만히 듣고 계시다가,

— 아, 그거 좋은 얘기인데…. 주민들이 많이 반대하지 않을까요? 만약에 산림개발을 하려면 '임도'부터 닦아 들어가야 하는데, 친환경 또한 환경운동 하시는 분들은 대체로 '임도' 개발을 반대하시지 않나요?

이런 걱정을 하시는 거다. 예리하면서도 나를 걱정해 주는 따뜻함이 느껴졌다.

— 그 부분은 제가 지역의 시민단체 분들과 긴밀하게

소통해서, 창의적인 해답을 한번 만들어 보겠습니다.

이렇게 말씀드린 후 인사드리고 나오려는데, 대통령께서는 한 말씀 더 해주셨다.

— 최 비서관….

— 예, 대통령님.

— 험지로 나가는데, 여주·양평 참 어려운 곳인데….
나도 어려운 데서, 부산에서 해보면서 (터득한) 나
름 노하우를 하나 알려드리면 학부모님들을 먼저 찾
아가는 겁니다.

— 예?

— 학부모님들, 특히 어머님들의 특징이 뭐냐면 한번
관심주기 어려워서 그렇지 일단 '이 사람이구나!' 싶
으면 본인만 찍는 게 아니라 주변 사람들까지 설득

해서 찍어주십니다. 저는 그래서 그분들이 제일 큰 도움이 됐어요.

생각지도 못했던 조언이었다. 대통령은 자신의 경험을 덕담처럼 말씀하셨지만 나는 그 말을 가슴에 품고 정말로 학부모님들을 찾아갔다.

양평의 학부모님들과의 첫 대면. 무척 떨리고 긴장됐는데, 결과는 대박이었다. 뜻밖에 마음을 열고 힘을 모아주시는 거다. 도대체 무슨 이야기를 했느냐고 주변에서 더 난리였는데, 내가 드린 말씀은 다른 게 아니었다. 숲 이야기와 이와 관련한 일자리 이야기였다.

— 잘 알고 계시겠지만 지금 양평으로 많은 사람이 이사를 옵니다. 살기 좋아서…. 실제로도 살기 좋고요.

그런데 문제가 하나 있어요. 일자리가 별로 없습니다. 와서 딱히 할 게 없으니까 그냥 도시에서 벌었던 거를 까먹는 사람들이 많아요.

그런데 그렇게 10년, 15년이 지나면 제일 큰 걱정이, 자식들이 양평이나 양평 가까운 데서 직장을 얻는 일이에요. 그게 제일 큰 과제인데 양평은 일자리가 없어요. 그래서 저는 앞으로 양평은 우리가 가진 산림자원, 그리고 두물머리 일대의 생태환경자원을 잘 가꾸면서 거기서 좋은 일자리를 계속 만들어가겠다는 계획을 갖고 있습니다.

이렇게 말씀드리니 어머님들의 눈빛이 달라진다. 눈이 반짝 빛나며 내 이야기에 귀를 기울이는 거다.

— 예를 들어 양평의 두물머리 일대 아주 좋잖아요. 이

번에 지방정부가 담당하는 정원이 되었는데, 이걸 앞으로 3년간 잘 가꾸면 '국가정원'이 될 수 있거든요. 거기에 돈을 쏟아부어서 국가정원을 만들자는 게 아니라 그곳은 연꽃이 좋아요. 그래서 세계 각국의 연꽃을 심어서 수생식물원으로 특화시키면 일자리가 만들어집니다. 거기가 한 30만 평 정도 되거든요. 지금은 '세미원'이라고 4만 평짜리가 있는데, 그걸 잘 키워서 30만 평 정도의 수생식물원으로 만들면서 그곳에서 많은 일자리를 만들어가면 얼마나 좋겠습니까?

또 양평은 잘 꾸며진 민간식물원과 개인이 만든 정원이 많습니다. 이런 정원들을 연결해서 티켓 하나로 정원들을 돌아보게 할 수 있습니다. 국가정원이 중심이 되어 개인 정원과 네트워크를 만들면 정원산업을 발전시킬 수 있습니다. 조경 및 나무를 키우고 가꾸는 정원전문가를 육성하는 인증기관도 만들 수 있습니다.

그러면서 숲이야기로 이어졌다. 산림을 통해 일자리가 어떻게 창출되는지 이야기하니 '아, 우리 남편도 이제 산에 가서…' 하면서 공감하는 목소리가 여기저기서 나왔다.

— 산에서 일한다고 하면 꼭 나무 베는 사람만 필요한 게 아닙니다. 나무 베는 사람보다 먼저 설계를 하는 사람이 필요해요. 산림설계라는 전문인력들이 필요한 거죠. 그러니까 젊은 사람들은 산림설계를 하고 40~50대, 60대는 간벌을 하고 그 뒤에는 숲과 관련된 3차산업, 6차산업들이 많아요. 산나물 심는 것부

터 휴양림을 조성하는 일, 숲해설가가 되는 일….

그래서 산림일자리는 직접적으로 창출되는 일자리

곱하기 4만큼의 간접 일자리들이 나온다고 해요. 곱

하기 4만큼의 간접적인 일자리들에는 하루 4시간짜

리 일자리도 있고 3시간짜리 일자리도 있고….

여기저기에서 고개를 끄덕이면서 열심히 적으면서 경

청한다. 내 이야기가 아니라 이제 자신의 이야기가 되었

기 때문이다.

사실 귀촌해서 사는 사람한테 정규직 8시간짜리 일은

하기 어렵다. 대체로 4시간짜리, 3시간짜리의 과하지 않

은 일을 원하는데 그런 일자리가 산림에 많다. 노후를

의미 있게 보낼 수 있는 산림일자리들 말이다. 그리고

청년들을 백 년 숲을 가꿔나갈 전문인력으로 키워내야

한다. 그래서 양평에 산림고등학교, 산림기술학교를 세

워나가는 것을 고민하고 있다고, 이와 연계해서 일자리를 세우겠다고 이야기했더니 본인이 속한 정당을 탈당하고 내가 속한 정당 입당원서를 그냥 써주는 거다. 그러면서 주변 사람들을 모아주고 소개해주고, 다양한 도움을 정말 많이 받고 있다.

그분들이 주신 믿음이 헛된 것이 되지 않도록 내가 더 준비하고 더 노력해서 그 꿈을 꼭 실현해나가야겠다는 각오를 다지게 된다.

새로운 도전

'과연 공천이나 받을 수 있을까?' 선거에 처음 나가는 사람은 늘 이런 고민부터 하게 된다. 선거라는 광장에 나가려면 몇 가지 관문을 통과해야 하는데 우선은 내가 속한 정당에서 공천을 받아야 한다. 공천을 받으려면 당내 경선을 통과해야 한다.

당내경선을 통과하려면, 당원투표 50%에, 여론조

사 50%인 경선조건을 만족해야 한다. 당연히 나를 지지하는 당원을 많이 확보하는 것이 제일 먼저 해야 할 과제이다.

그런데 이게 만만한 일이 아니다. 대략 6명의 후보가 당내경선에 뛰어들고 있는데 나 빼고 다른 분들은 모두 지역에서 오랫동안 준비를 해오신 훌륭한 분들이다.

그에 비해 나는 선거에 뛰어든 시점도 늦었고 남아있는 시간도 얼마 되지 않았다. 굉장히 어려움이 있었는데…. 그런데 여기서 한 가지를 체감하게 되었다.

'아, 내가 여주에서 살아온 흔적이 있었구나.'

　대학졸업 후 여주에 정착해 산 지 25년이 넘는데 그 기간을 헛되이 보낸 게 아님을 절감할 수 있었다. 내가 아는 사람들과 나를 지지하는 사람들과 나를 위해 애써주는 사람들이 알음알음 힘을 모아주고 계신다. 그중 대부분은 자신이 정당이라는 곳에 적을 올릴 거라고는 꿈에도 생각하지 않고 생업에 충실해 오신 분들이다. 그래서 더 고마웠다.

'이분들의 수고가 헛되지 않도록 해야겠구나. 이분들
이 지금 베풀어주신 고마움을 잊지 말아야겠구나.'

이런 생각이 저절로 들면서 마음을 다잡게 된다. 그리
고 또 많은 것을 배우게 된다. 정치란 무엇인가. 정치인
이란 어떤 사람인가. 그리고 사람들의 대표가 된다는 것
은 어떤 의미인가. 끊임없이 스스로 묻고 또 물었다.

'정치란 권력자가 아닌 소통하는 사람으로서, 문제
를 해결하는 사람으로서, 중재자로서, 절충자로서

의 역할들을 다 하는 것이다.'

나는 이렇게 생각한다. 결국은 사람들과 소통 잘하는
사람이 정치하는 시대가 열리지 않을까. 과거에는 많이
배우고 똑똑한 사람이 많은 사람을 지휘하고 지도했다
면, 이제는 세상이 달라졌다. 달라져도 너무 많이 달라
졌다. 사람들을 만나보면 나만큼 잘나지 않은 사람이 없
다. 안 똑똑한 사람이 없다. 생각해보면 그 분야에서 오
랫동안 일하며 밥 먹고 월급 받아온 사람보다 더 똑똑한
사람이 어디 있겠나. 그래서 시대가 많이 바뀌었다는 생

각이 든다.

　그렇게 잘나고 똑똑한 사람들의 대표가 된다는 것은, 수많은 사람의 의견을 어떻게 하면 잘 수렴하고 이해관계들을 잘 조정해 나가는 것, 사람들의 지혜를 빌어 함께 문제해결을 해나가는 사람이 되어가는 것이 아닐까.

　결국은 지역 내 갈등 한가운데로 들어가 지역민들과 함께 갈등을 싸안고 해결해 나가는 사람이 돼야 한다. 그래서 정치가 필요한 게 아닌지…. 그리고 이런 생각도 요즘 참 많이 하게 된다.

'국회의원 300명 중에서 농민 출신 국회의원이 적어
도 한둘은 있어야 하지 않을까?'

우리 농민들을 대표하는 국회의원이 참 적다. 정말 극
소수다. 그래서 나는 내가 사는 여주 · 양평의 발전뿐 아
니라 대한민국 농민들을 대변하기 위해 꼭 국회의원이
돼야겠다고 생각한다. 내가 조금 힘들 때나 쑥스러울 때
속으로 이런 생각을 주문처럼 외워본다.

'수많은 농민을 대표해야 한다. 그러니까 책임감을

갖고 나가야 한다. 그리고 어떻게든 돼야 한다.'

    나를 다독거리는 소리이기도 하고, 우리 농민회원들이 내게 해주는 말씀이기도 하다. 농민을 대표해서 일해야 한다. 국회의원이 돼서 농해수위(농림축산식품해양수산위원회)로 가서 많은 것을 바꿔내야 한다. 나는 이런 생각을 하면서 오늘도 여주의 들판을 가로지른다. 양평의 푸른 숲을 가로지른다.

청와대로 간 착한 농부

제9요일

이봉호 지음 ｜ 280쪽 ｜ 15,000원

4차원 문화중독자의 창조에너지 발산법 　창조능력을 끌어올리는 '세상에서 가장 쉽고 가장 즐거운 방법들'을 소개했다. 제시한 음악, 영화, 미술, 도서, 공연 등의 문화콘텐츠를 즐기기만 하면 된다. 파격적인 삶뿐 아니라 업무력까지 저절로 향상되는 특급비결을 얻을 수 있다. 무한대의 창조 에너지가 비수처럼 숨어 있는 책이다.

광화문역에는 좀비가 산다

이봉호 지음 ｜ 240쪽 ｜ 15,000원

4차원 문화중독자의 탈진사회 탈출법 　대한민국의 현주소는 좀비사회 1번지! 천편일률적 인 탈진사회의 감옥으로부터 유쾌하게 탈출하는 방법을 담고 있다. 무한속도와 무한자본, 무한경쟁에 함몰된 채 주도권을 제도와 규율 속에 저당 잡힌 우리들의 심장을 향해 날카로 운 일침도 날린다.

나는 독신이다

이봉호 지음 ｜ 260쪽 ｜ 15,000원

자유로운 영혼의 독신자들, 독신에 반대하다! 　치열한 삶의 궤적을 남긴 28인의 독신이야기! 자신만의 행복한 삶을 창조한 독신남녀 28人을 소개한다. 외로움과 사회의 터울 속에서 평생 을 씨름하면서도 유명한 작품과 뒷이야기를 남긴 그들의 스토리는 우리의 심장을 울린다.

H502 이야기

박수진 지음 ｜ 284쪽 ｜ 15,000원

희로애락 풍뎅이들의 흥미진진한 이야기 　인간이 만든 투전판에서 전사로 키워지며, 낙오하 는 즉시 까마귀밥이 되는 끔찍한 삶을 사는 장수풍뎅이들. 주인공인 H502는 매일 살벌한 싸 움을 하는 상자 속에서 힘을 키우며 강해지고 단단해지는 비법을 전수받는다. 그러던 어느 날 상자 밖으로 탈출할 절호의 기회가 찾아와 목숨을 거는데 과연 성공할 수 있을까.

나쁜 생각

이봉호 지음 ｜ 268쪽 ｜ 15,000원

자신만의 생각으로 세상을 재단한 특급 문화중독자들 　세상이 외쳐대는 온갖 유혹과 정보를 자기식으로 해석, 재단하는 방법을 담았다. 피카소, 아인슈타인, 메시앙, 르코르뷔지에, 밥 딜런, 시몬 볼리바르, 전태일, 황병기, 비틀스, 리영희, 마일스 데이비스 에두아르도 갈레아노, 뤼미에르 형제, 하위 드 진, 미셸 푸코, 마르크스, 프로이트, 다윈 등은 모두 '나쁜 생각'으로 세상을 재편한 특급 문화중독자 들이다. 이들과 더불어 세상에 저항했고 재편집한 수많은 이들의 핵 펀치 같은 이야기가 펼쳐진다.

그는 대한민국의 과학자입니다   노광준 지음 | 616쪽 | 20,000원

황우석 미스터리 10년 취재기   세계를 발칵 뒤집은 황우석 사건의 실체와 그 후 황 박사의 행보에 대한 기록. 10년간 연구를 둘러싸고 처절하게 전개된 법정취재, 연구인터뷰, 줄기세포의 진실과 기술력의 실체, 죽은 개복제와 매머드복제 시도에 이르는 황 박사의 최근근황까지 빼곡히 적어놓았다.

대지사용권 완전정복   신창용 지음 | 508쪽 | 48,000원

고급경매, 판례독법의 모든 것!   대지사용권의 기본개념부터 유기적으로 얽힌 공유지분, 공유물분할, 법정지상권 및 관련실체법과 소송법의 모든 문제를 꼼꼼히 수록. 판례원문을 통한 주요판례분석 및 해설, 하급심과 상고심 대법원 차이, 서면작성 및 제출방법, 민사소송법 총정리도 제공했다.

음악을 읽다   이봉호 지음 | 221쪽 | 15,000원

4차원 음악광의 전방위적인 음악도서 서평집 40   음악중독자의 음악 읽는 방법을 세세하게 소개한다. 40권의 책으로 '가요, 록, 재즈, 클래식' 문턱을 넘으며, 음악의 신세계를 탐방한다. 신해철, 밥 딜런, 마일스 데이비스, 빌 에반스, 말러, 신중현, 이석원을 비롯한 수많은 국내외 뮤지션의 음악이야기가 담겨있다.

남편의 반성문   김용원 지음 | 221쪽 | 15,000원

"나는 슈퍼우먼이 아니다"   소통 없이 사는 부부, 결혼생활을 병들게 하는 배우자, 술과 도박, 종교에 빠진 배우자, 왕처럼 군림하고 지시하는 남편, 생활비로 치사하게 굴고 고부간 갈등 유발하는 남편. 결혼에 실패한 이들의 판례사례를 통해 잘못된 결혼습관을 대놓고 파헤친다. 결혼생활을 지키기 위해 알아야 할 기본내용까지 촘촘히 담았다. 기본 인격마저 무너지는 비참한 상황에 놓인 부부들, 막막함 속에서 가족을 위해 몸부림치는 부부들 이야기까지 허투루 볼 게 하나 없다.

몸여인   오미경 지음 | 서재화 감수 | 239쪽 | 14,800원

자녀와 함께 걷는 몸여행 길!   동의보감과 음양오행 시선으로 오장육부를 월화수목금토일, 7개의 요일로 나누어 몸여행을 떠난다. 몸 중에서도 오장(간, 심, 비, 폐, 신)과 육부(담, 소장, 위장, 대장, 방광, 삼초)가 마음과 어떻게 연결되고 작용하는지 인문학 여행으로 자세히 탐험한다. 큰 글씨와 삽화로 인해 인체에 대해 궁금해하는 자녀에게 쉽고 재미있게 설명해줄 수 있다.

대통령의 소풍
김용원 지음 | 205쪽 | 12,800원

인간 노무현을 다시 만나다! 우리 시대를 위한 진혼곡   노무현 대통령을 모델로 삶과 죽음의 갈림길에 선 한 인간의 고뇌와 소회를 그렸다. 대통령 탄핵의 실체를 들여다보고 우리의 정치현실을 보면서 인간 노무현을 현재로 불러들인다. 작금의 현실과 가정을 들이대며 역사 비틀기와 작가적 상상력으로 탄생한 정치소설이다.

어떻게 할 것인가
김무식 지음 | 237쪽 | 12,800원

나를 포기하지 않는 자들의 자문법   절대 포기하지 않고 끈질기게 도전하면서 인생을 바꾼 이들의 자문자답 노하우로 구성하였다! 정상에 오르기 위해 스스로를 연마하고 자기와의 싸움에서 승리한 자들의 인생지침을 담은 것. 포기하지 않는 한 당신에게도 기회가 있다. 공부하고 인내하면서 기회를 낚아챌 준비를 하면 된다. 당신에게도 신의 한 수는 남아 있다! 이 책에 그 방법이 담겨있다.

탈출
신창용 지음 | 221쪽 | 12,800원

자본과 시대, 역사의 횡포로 얼룩진 삶과 투쟁하는 상황소설   자본의 유령에 지배당하는 나라 '파스란'에서 신분이 지배하는 나라인 '로만'에 침투해, 로만의 절대신분인 관리가 되고자 진력하는 'M'. 하지만 현실은 그에게 등을 돌리고 그를 비롯한 인물들은 저마다 가진 존재의 조건으로부터 탈출하려고 온몸으로 발버둥치는데… . 그들은 과연 후세의 영광을 위한 존재로서 역사의 시간을 왔다가는 자들인가 아닌가…

흔들리지 않는 삶은 없습니다
김용원 지음 | 187쪽 | 12,800원

나의 삶을 지탱해주는 것들 100   삶을 끝까지 지속하게 하는 100가지 이야기! 세상으로부터 상처받고 좌절하며 심하게 흔들렸지만, 그 흔들림으로부터 얻은 소소한 깨달음을 기록했다. 몸부림치며 노력했던 발자취를 짧고 간결한 글과 사진으로 옮겼다. 세상을 돌아가게 하는 공공연하면서도 은밀한 암호들에 대해 해독하는 방법도 깨칠 수 있다.

하노이 소녀 나나
초이 지음 | 173쪽 | 11,800원

한국청년 초이와 베트남소녀 나나의 달달한 사랑 실화!   평범한 가정에서 평범하게 자라 평범한 30대 중반의 직장인, 평범한 생활, 평범한 스펙, 평범한 회사에 다니다가 우연히 국가지원 프로젝트를 맡으면서 베트남 생활을 하게 된다. 아이 같은 아저씨와 어른 같은 소녀의 조금은 특별한 이야기. 서울과 하노이… 서른여섯, 스물셋…. '그들 사랑해도 될까요?'

아내를 쏘다
김용원 지음 | 179쪽 | 11,800원

잔인한 세월을 향해 쏘아 올린 67통의 이야기　젖먹이 아이와 아내를 홀로 두고 뜻하지 않게 군에 간 남자가 아내에게 쓴 손편지들을 모아 엮었다. 닫혀버린 시간 속에서의 애절함이 깃든 이야기들은 넉넉한 쉼과 위로를 안겨줄 것이다. 편지가 주는 그리움의 바다에 빠져볼 것을 강력히 권해본다.

탈출, 99%을
신창용 지음 | 331쪽 | 14,800원

존재의 조건이 찢긴 자들　이 소설은 예민한 현실의 정치, 권력, 경제 속 깊이 들어간다. 세상을 지배하는 영역인 정치·권력·경제 세계에 눈을 감거나 지나친 방론에 머무는 자 누구인지 들여다본다. 주인공 'M'과 이야기를 이끄는 '파비안', 그들은 자본권력과 '1%갑'의 폭력에 순치되거나 살아남으려 무던히도 애쓰는데….

조물주위에건물주
신창용 지음 | 95쪽 | 4,800원

『탈출, 99%을』에게 바치는 진군가　책은 정치무관심·외면, 재벌지배자, 권력자 팟캐스트, 일자리·일거리, 비정규직·영세자영업, 기회·결과의 평등, 사회안전망, 세월호, 미투, 촛불혁명, 김광석, 선거, 남북, 미국, 1가구1주택·감면, 헌법, 법언까지 우리나라에서 큰 이슈였던 주제를 재료로 소환했다. '1% 갑 : 99%을'의 삶을 구속하고 이 땅을 지배하는 것들에 대한 단상들이 냉정한 논조로 펼쳐진다.

나는 강사다
한경옥 지음 | 219쪽 | 14,800원

주부 한경옥의 강사도전　꿈도 비전도 없던 주부가 쉰이 넘어 강사가 되겠다고 꿈을 꾸면서 겪은 좌충우돌 경험을 엮었다. 늦깎이 만학도의 길을 걸으며 강사의 꿈을 갖게 된 계기부터, 절대 긍정녀가 된 사연, 인생의 터닝포인트가 된 사건, 대중 앞에 서는 매력을 안겨준 사건들, 그리고 강사로서 두려움을 극복하는 법, 강의력을 끌어올리는 법, 청중과 호흡하는 법, 프로강사가 갖춰야 할 자세, 강사로 사는 삶까지 풍성한 이야기들로 가득하다.

나는 더 이상 끌려다니지 않기로 했다
김종삼 지음 | 227쪽 | 14,800원

내 주머니에 꽂은 빨대처리법　'옛날보다 살기가 더 어려워!' 삶은 더 풍요로워졌는데 사는 게 힘에 부친다. 지난 30년간 우리는 무슨 일을 한 걸까? 인터넷과 스마트폰, 자본주의 독주, 지방자치단체 등장은 우리를 성장시켰지만 힘들게 한 주범이다. 혁신이 준 편리함과 기득권 정치인의 달콤한 말에 끌려다니면서 목줄이 채워졌다. 우리에게 채워진 목줄과 꽂은 빨대를 제거할 때다. 그 비밀이 담겨있다. 무작정 끌려다니는 사람이 없는 세상을 꿈꾼다.

이 책을 읽을
당신과 함께
하고 싶습니다!

stickbond@naver.com

이 책을 읽은
당신과 함께
하고 싶습니다!